平安助産師の鬼祓い

木之咲若菜

富士見Ｌ文庫

もくじ

第一章　助産師と陰陽師

寝殿造りの屋敷内では、鬼や物の怪を祓う陰陽師の祝詞が響いていた。

その対屋の一室――白い垂れ布で覆われ、几帳も屏風も調度品も全て白で揃えられた産室では、一人の女性を中心に複数の女性たちが口々に励ましの声をかけていた。女性らは皆、白い衣に身を包んでいる。中心にいる女性はこの屋敷の正妻であり、まさに今、産気づいている状態であった。

「もう少しですからね、北の方様。私どもが赤様を取り上げるので、ご安心なさって下さりませ」

そう声をかけて妊婦の向かいに寄り添うのは、二十歳前後の女性だった。

魔を避けるために白い袿に白い袴姿で、長く真っ直ぐな黒髪は元結で一つに括り、背に流している。額髪の両端である下がり端は仕事の邪魔にならないよう、他の女性よりも短めで頬にかかる程度だ。目元のはっきりとした顔立ちで、優しいながらも凛とした佇まいであった。彼女は出産の補助に従事する専門職――助産師であり、名を蓮花という。

北の方とは、貴族の妻を表す呼び名で、蓮花は彼女の担当助産師として訪れたのであった。

蓮花は妊婦である北の方の手を握りながら、反対の手で彼女の腰を擦る。

「あと、どのぐらいでお生まれになるでしょうか……」

蓮花より少し年上と思しき屋敷に仕える女性が、心配した面持ちで尋ねる。

「子宮口は既に全開になっております。以前にお産の経験もありますから、もう一刻（三十分）もかからないでしょう」

知識と経験から基づいた目安の時間を、蓮花ははきはきとした口調で答えた。

時刻は既に深夜で、辺りは高灯台で照らされている。霜月の夜は冷えるが、これから産まれる子が冷えないよう、室内には火桶がいくつも置かれていた。そのため熱気がこもり、妊婦も周囲の者も皆、汗を滲ませている。

北の方は座った状態で、親族の女性の肩に手をかけて、痛みに耐えながら必死に息を吐く。

蓮花は子宮口から見えてきた児の頭を左の手の平で支えた。

「上手に呼吸が出来ておりますからね。次は、いきむように力をおかけ下さい」

北の方は呻き声をあげながらも、その痛みを赤子を産む力に変えようと懸命に力をかけた。

そして彼女のとりわけ強いいきみと共に、児の頭部が出てきた。

「もう少しです、今赤様も頑張っていますからね。あと少し……」

緊張の一瞬だった。蓮花は回旋して現れた赤子の肩と腋の部位を、付着した体液で滑らないようしっかりと掴(つか)んで取り上げた。

室内に赤子の産声(うぶごえ)があがった。生まれたばかりで初めは微(かす)かな声だが、徐々に大きくなっていく。

皆は安堵(あんど)と感動の入りまじった歓声をあげた。

「おめでとうございます。元気な姫君でございます」

蓮花は微笑(ほほえ)んでそう声をかけると、清潔な白い布に赤子を包み、北の方の腕にそっと預けた。

「良かった……」

彼女は、荒く息をつきながらも、ようやく出会えた我が子を抱えて涙を滲ませた。

「前は男の子だったから、女の子は初めてなんです……。早く殿にお報(しら)せしなければなりませんね……」

そう言って、幸せそうに赤子を抱きしめた。

「さすがは、産神(うぶがみ)の祝福を授けられる助産師殿が取り上げて下さっただけありますわ」

「きっと、健やかにお育ちになるでしょうね」

周囲の者が口々に子が無事に生まれたことを祝う中、蓮花は次の準備にとりかかった。

赤子が生まれても、後産が終わるまで安心出来ない。胞衣(えな)という胎児を包んでいた膜や胎盤が下りきったことを確認しなければならないのだ。

臍(へそ)の緒(お)を切断するための練糸(ねりいと)や臍帯(さいたい)用の刀を準備していると、ふと蓮花は異変に気付いた。

「北の方様?」

彼女の息は荒いままだ。赤子を乳母となる女性に預け、ゆっくりと横になる。拭いても拭いても、汗が引くことはなく、頬の紅潮は増していく。出産後に熱が出るのは珍しいことではない。だが、蓮花の助産師としての直感が警鐘を鳴らした。

北の方の子宮口から胞衣が出てきた。視線をめぐらせて胞衣の状態を確認する。通常、見出たばかりの胞衣は臓器の一部であるため、赤々とした見た目をしている。そのため、見るのも苦手だという者が多い。だが蓮花は目を逸(そ)らすことなく見て、はっと瞠目(どうもく)した。胞衣に幾匹もの小さな生き物がいることに気が付いたからだ。

それは小さな鬼であった。丸い形に小さな突起のようなものがある。手足は丸い体幹の大きさに対して極端に短い。きょろりとした目があり、色は人の臓と同化するような赤だ。突如として、鬼が口を開ける。そしてくわりと牙を剝いて、胎盤に突き刺した。他の鬼も同様に口を開け、次々と赤い胎盤を突き刺していく。活性化した彼らはその身に炎をまとわせた。

次の瞬間、北の方は手足を引き攣らせると、呻き声をあげた。

「ああああ――――っ……！」

時は平安。朱雀帝から村上帝へと治政が移った天暦の頃。出産に携わる専門の職業があった。

元を辿れば奈良時代の、宮中の医事を担う内薬司所属の女医が起源となる。その仕事内容は出産や医師の補助などであった。その後、平安初期に内薬司が医療行政を司る典薬寮に併合された時に女医の制度は廃止。しかし直後に皇室内で出産時の死亡が相次ぐ。そこで対策として新たに典薬寮管轄の産科に特化した『助産寮』が創設され、『助産師』という職業が生まれたのであった。

蓮花は、素早く子と母が繫がった臍の緒を糸で二か所結紮すると、臍帯用の刀で切断した。

通常は臍の緒の拍動が止まってから行うが、今は待たずにすぐに切断した方が良いと判断したのだ。幸い、赤子や臍の緒には炎をまとって蠢く鬼の姿はまだない。これ以上生まれた子に影響は及ばないはずだ。

蓮花は突然の異変に恐慌状態に陥った女性陣らに告げる。

「すぐに、鬼を祓う者を呼んで参ります！」

この鬼が視えるのは、今この場では蓮花だけだ。微小な鬼は、普通の人間には視えないのだ。

蓮花は妻戸から簀子に出た。冷えた簀子が足先から体温を奪う。

夜空には黄金に輝く丸い望月が見えた。時刻は寅の刻頃だろうか。

突如起こった彼女の苦しみ。幼い頃より鬼が視えていた蓮花には、あの小さな鬼らが原因であることはすぐにわかった。

あの鬼は胞衣だけでなく、彼女の中に蠢いているのだ。一匹が動くと、他の鬼も連なって動くのだろう。胞衣についていた鬼は分裂した一部にすぎず、体内に無数の彼らがいるのだ。一刻も早く、鬼を除去しなければならない。

蓮花は寝殿に続く渡殿まで進むと、険しい面持ちであたりを見回した。

今もなお、陰陽師の祝詞が響いている。

しかし、蓮花の足がふと止まる。本当に、それで祓えるのだろうか。

産気づいてから今に至るまで、ずっと祝詞は唱えられていた。それでも鬼を退けられないこともある。祝詞は鬼の力を弱めるのだろうが、体が弱っている妊産婦にとって、その弱い鬼すらも命とりになるのだ。

蓮花は己の手を見た。母体に触れた時に付着したのだろう。微細な鬼が、手やその周りにふわふわとまとわりついている。

蓮花はぐっと手を握り締めると、意識して呼吸を整えた。

何もしないよりは動いた方が良いはずだ。けして諦めてはいけない。

蓮花は面を上げて、渡殿の先にある寝殿に焦点を当てると、人を呼ぶために口を開いた。

「どなたか……！」

その瞬間。空気を切り裂くように、弦を鋭く打ち鳴らす音が聞こえた。

同時に、蓮花の手や周囲に舞っていた鬼が一瞬にしてかき消えた。

「えっ……」

驚いて手元を見ると、弱った鬼がかろうじて一匹残っているだけであった。

音のした方へ首をめぐらせると、屋敷の庭に弓を手にした一人の青年がいるのが見えた。

年の頃は二十代後半くらいだろうか。憂いを帯びた目元が印象的な男性であった。通った鼻筋や薄い唇は繊細さを醸し出しており、肌は透けるように白い。烏帽子(えぼし)から流れる横髪は風になびき、藍を薄くした縹(はなだ)色の狩衣(かりぎぬ)をまとっているのだと月明かりから判別出来た。

「外は任せるって、俺の担当範囲広すぎだろ……しかも一人って……」

整った見目に反して、渋い顔でそう呟(つぶや)いた青年は、何歩か歩くと弓の弦を引いて放ち、音を響かせた。

彼が行っているのは鳴弦(めいげん)といって弓を用いて邪気を祓う作法だ。産室に向かって鳴弦してはならないので、建物を背にするように打ち鳴らしている。

蓮花は顔を引き締めると、高欄に足をかけて、ひらりと地面に飛び降りた。非常識だが、今は急ぎのため躊躇(ためら)いなどなかった。

蓮花はそのまま地面を駆けて、彼の方へ向かうと声を張り上げた。

「陰陽師の方ですか!? どうか助けて下さい……!」

声をかけられた青年は振り向くと、蓮花を見て驚いたように目を見張った。

蓮花はそこでふと自分の姿を思い出した。裸足(はだし)に、赤子を取り上げた時に付いた血で所々赤く染まった白い袿姿。

無我夢中で駆け出してきたが、穢れを嫌う貴族の者が見たら、怯えられても仕方のない姿だ。

「どうした⁉　どこか怪我を⁉」

だが、青年は疎むことなく近寄った。

勘違いされていることに気付いて、蓮花は慌てて首を振った。

「違います。私のではなく……この血は出産の障り、赤様を取り上げた時のものです。無事にお生まれになったのですが、北の方様の体に鬼がとり憑きました。どうか、助けて頂きたいのです……！」

青年は産室のある対屋を振り返った。

「ちっ、だから心配していたんだ。まだ経験の浅い者一人に屋敷を任せるなんて……」

そして青年は何か気付いた素振りで蓮花の手を取ると、じっと見つめる。

「あの……」

蓮花が戸惑っていると、青年は人差し指と中指を立て、横に一文字を引くように線を切った。

すると、蓮花の手の平に残っていた微細な鬼が一瞬にして消えた。

蓮花は感嘆する。

「すごい……」

するとは、蓮花の反応に目を瞬かせた。

「君は鬼が視えているんだな。この屋敷の女房か？」

「いえ、私は助産師です。本日は北の方様のお産を介助するために、呼ばれました」

「ああ、何か評判のあるという助産師が来たと、誰か言っていたな」

青年は納得したように頷いた。

「俺は陰陽師賀茂忠行の弟子で、安倍晴明という。本日は他の陰陽師の追従として訪れた」

「安倍、晴明様ですね」

賀茂忠行の名なら蓮花も知っている。当代一と言われる陰陽師だ。ならばきっと彼も優秀な陰陽師なのだろう。蓮花は狩衣の裾を引いた。

「すぐにこちらに来て下さい。とても尋常ではない苦しみ方をされているので……！」

「もちろんすぐに助けてやりたいが、産室に立ち入ってもよいのか？」

蓮花はぐっと言葉に詰まった。踏み入れて良いのは医師か屋敷の主人か。いずれにしても蓮花が勝手なことをするわけにはいかない。やはり今から寝殿まで戻って、許可をとってから動かなければならないか。

晴明は少し考える素振りを見せた。そしておもむろに口を開く。

「……祓うのに君の体を借りてもいいか？　それなら俺はその場に直接行かなくても祓うことが出来る」

蓮花は眉を寄せて言葉の意味を考える。

「えっと……どういうことですか？」

「今から俺が君に憑依して鬼を祓おうと思う。意味はわかるか？」

「あ、つまり私が依りましになるということですね」

蓮花は頷いた。出産時、物の怪や鬼から妊婦を護るために、祝詞や鳴弦の他にもとり憑くのに身代わりとなる女性を控えさせることもあるのだ。

「まあ、この場合は鬼を君のもとにやるのではないから、少し違うかもしれないけれど」

「かまいません。どうか北の方様を救って下さりませ！」

すると晴明は、蓮花の額に手をかざした。

「名を唱えてくれ。この術には呼び名ではなく、君の本当の名が必要だ」

貴族の女性は通常、本名ではなく呼び名でお互いを呼び合う。本当の名を知っているのは家族や夫となる者など、極々親しい間柄にある者のみだ。

だが、蓮花は躊躇うことなく告げた。

「蓮花と申します。蓮の花と書いて、蓮花」

「わかった、——蓮花」

じわりと、蓮花は体が温かくなるのを感じた。晴明のかざした手の平から、不思議な空気の波動を受ける。涼やかな風が蓮花を取り巻き、髪が、衣が、なびいた。

やがて風がおさまり、蓮花は不思議そうに瞬く。特に何か身の内に異変が起こったようには感じない。

「今から君の目が俺の目になる。俺の動きが君の動きになる。気味悪く感じるだろうが、一時的なものだ」

晴明の説明に、蓮花は頷いた。

「わかりました」

そして蓮花は対屋まで引き返して庭と建物を繋ぐ階を駆け上がると、妻戸から産室内に滑り込んだ。晴明は対屋の外で待機している。

産室では、鬼にとり憑かれた北の方の苦しむ声が上がっていた。それを他の者が口々に励ましている。

『これは……君の目からはこう視えるのか』

頭の中で〝声〟が響き、蓮花は驚いた。紛れもなく晴明の声である。憑依するとは、こういうことが出来るのか。

北の方からはゆらゆらと燐光を帯びた炎が立ち昇っている。炎を宿した細かな鬼が舞い、彼女の熱を上げているのだ。

『子を産んだ直後の体は弱ると聞いていたが、ここまで抵抗する力が下がるのか……』

「普段ならば何ともない鬼でも、お産直後はとても苦しめられるのです」

体力も気力も何もかも、子を産む力へと変え、母親はまさに命をかけて出産に挑むのだ。

『なるほど。向こうで唱えた祝詞が効いていないのではなく、体の方が耐えられないのだな。他の者に影響があってはいけないから、一度必要な者以外はここから退避してもらってくれ』

言われた通りに蓮花は、他の家人に下がってもらうよう声をかけた。

彼女がこれほど苦しんでいるのにと心苦しいようであったが、鬼を祓うためならばと不承不承、家人らは簀子の方や建物の奥へと下がっていった。

晴明はさらに蓮花に尋ねた。

『この君がまとう衣、依り代として置いてもらってもいいか』

蓮花は自身の所々赤く——時間が経っているので褐色に染まっている白い袿を見下ろす。

『依り代は彼女が調伏の時に受ける苦痛を、こちらに移して浄化する。君の衣には彼女の血が付着しているから、効果を得やすいんだ』

この衣が染まった色は、生まれた赤子をこの世で最初に取り上げた証。血は不浄と言われているが、助産師の誇りに染まった衣だ。

「わかりました、この衣で助かるのならば」

蓮花は躊躇いなく衣を脱いで単衣と袴姿になる。

そして衣を彼女の枕もとに畳んで置くと、蓮花は彼女の傍らに座った。

北の方は荒く息をつき、それに伴い炎も呼吸をしているように揺らめく。

蓮花の指先がじんわりと熱くなった。そして己の意思とは無関係に、まるで動きを知っているかのように、印を結ぶ。両手の指を交互に組み、人差し指を立て合わせた。

目の前の炎が一段と強くなる。

『『ノウマク・サマンダ・バザラダン・カン！』』

それまで頭の中から響いていた声が、蓮花の喉を借りて発された。

妻戸も格子も閉じられているのに、どこからともなく風が巻き起こった。単衣や髪がなびき、蓮花は目を細めた。ふと畳んだ衣を見ると、同じような炎に包まれて、揺らめいていた。

対峙しながら蓮花は、体中の気力が凄まじい勢いで消費されているのを感じていた。一人であれば、くずおれていたかもしれない。しかし今、この体を支配しているのは晴明だ。

そのため蓮花の体幹はぶれることなく、まっすぐに背筋が伸びていた。

「これが、陰陽術……」

蓮花の独り言は、風に煽られて消えていく。

周囲の空気が震え、肌がぴりぴりと痺れるような感覚が走る。彼女の体内に潜む鬼が唸り声をあげるのを蓮花は感じとった。

晴明は蓮花の声として呪文を放った。

『悪鬼退散！　急々如律令！』

そして組んだ指を振り下ろすように縦に切ると、炎は弾けるように消滅していった。

静寂が辺りを包む。

蓮花は全身の力が抜けるような疲労に襲われた。

「終わった……？」

蓮花はそっと北の方の顔を覗き込んだ。

彼女の呼吸は落ち着いており、体の引き攣りも見られない。

その様子に、蓮花はほっと息をついた。

『もう大丈夫だ』

その声と共に体から何か抜けるような感覚を覚えた。

蓮花は両手を広げる。軽く曲げ伸ばししても、先程のようには動かなかった。

「もう終わりましたでしょうか……？」

奥の屏風の陰から、そろりそろりと女性らが現れた。

どうやら彼女らには鬼の唸り声や炎の弾ける音は届いていなかったようだ。当然といえば当然だ。彼女たちには視えないのだから。

だが、落ち着いた北の方の様子に、彼女らは心から安堵したように息をついた。

「まことに、まことにありがとうございます……！」

礼を言われて、蓮花は慌てて首を横に振った。

「いえ、お礼なら陰陽師の方に仰って下さい。建物の外にいらっしゃるので」

蓮花は庭にいるであろう彼を探して、簀子に出た。

しかし、庭には誰もおらず、月明かりだけが草木を照らしていた。

「……と、いうわけで、さすがは産神の祝福を授ける助産師、という評判が内裏まで広が

っているそうです」

「それほどまでに!?」

物忌みから明けて久々に助産寮に出仕した蓮花は、妹弟子の小鞠（こまり）から伝え聞いた内容に慄（おのの）いた。

まだ薄暗い明けの空、朝日が少しずつ差し込み室内を照らし出している。

今蓮花がいるのは、助産師の詰め所である助産寮内の局（つぼね）の一室であった。こちらではお産の時のような白い装束ではなく、蘇芳（すおう）など落ち着いた色合いの袿を重ねた出（い）で立（た）ちだ。

助産寮は大内裏（だいだいり）と呼ばれる官庁街の典薬寮の敷地（しきち）内にある。

典薬寮はいくつかの棟に分かれており、医師（くすし）が詰める建物、医学生が医術や薬の作り方を学ぶ建物、そして助産師が詰める建物などが存在していた。

要請があれば、助産師はここからお産場所に駆け付けるのである。

「私はただ陰陽師殿を呼んで、依りましのようなことを引き受けただけなのですが……」

蓮花はあの夜に鬼を祓ってくれた安倍晴明という男性を思い出した。

どうやら、蓮花と彼の活躍が、屋敷（やしき）の者を通して尾ひれがついて伝播（でんぱ）してしまったらしい。あれは晴明の力を借りたものなので、その場に居た者には内密にと伝えたのだが、かえって想像を掻（か）き立ててしまい事実とはまた違う噂（うわさ）が流れているようだ。

「でも蓮花様の関わったお産は皆、安産なのでしょう」

蓮花より五つ程下の小鞠は、手を合わせて瞳を輝かせながら尋ねた。まだ丸みの残る顔立ちは可愛らしく、純真無垢な様子が初々しい。

「幸い、無事にお生まれになられたことが続いているだけです」

蓮花は産神の祝福を授ける助産師と呼ばれている。それは彼女が関わった母子の産後に亡くなる割合が、著しく低かったからだ。

鬼が視えるため、産道を伝って体内に入らないよう、触れる際は鬼を退ける効果のある清めの水で手を清めたり、道具を予め火にくべたり、室内の風を入れ替えたりして鬼を極力排除するようにしていたのだ。

けれど全てを退けることが出来たわけではない。どこからか体内へ侵入したり、元々体内にいた鬼が弱った体を狙うように活発に動いたりしたら、どうにも出来ないのだ。

「それほどの偶然、続けようと思って続くものではございません。さすが蓮花様です」

蓮花は曖昧な笑みを浮かべながら「ただの噂よ」と小鞠の頭を撫でた。

鐘の音が遠くから響く。

「朝の集いが始まるわ。行きましょう」

助産寮の母屋にて、助産師らが集まった。母屋とは建物の中心となる広い空間で、ここで集まりや講義が行われる。先程まで蓮花らがいたのは、母屋の周りを囲う廂と呼ばれる空間だ。こちらは几帳などで仕切りを作り、それぞれの文机を置いて記録をつけたり作業を行ったりする場であった。

朝の集いでは、妊婦の経過や異変の有無、産まれた子などの報告がされる。担当だけでなく、どの者の要請にも動けるよう皆、子細を共有するのだ。体調不良や穢れ、占いの吉凶によっても出仕を控えなければならない時があるからだ。

そして最後に助産師を統括する助産頭より報告があった。

「飛香舎の女御様のご懐妊が内裏より報告されました」

その沙汰に、助産師ら全員の顔に緊張の色が浮かんだ。さざ波のようにざわめきが起こる。

「まことにおめでたいことですが……」

「中納言様の娘の更衣様ご懐妊の報が先日あったばかり……」

飛香舎の女御とは右大臣藤原師輔の娘であり、今、後宮で最も権威があるといってもいい。いずれは皇后の地位に就くのも彼女だろうと囁かれていた。

女御は昨年、女児を出産している。帝の初めての子ということで男児を期待されていたが、姫であったことで右大臣は大層落胆したと噂されていた。

「後宮は大変なのですね」

蓮花の隣に座る小鞠は、頬に手を当てて呟いた。実は今年に入ってから、他の女御や更衣にも女児が誕生しているのである。子宝に恵まれるのは良いことだが、そこに政権争いが加わると話はややこしくなってくる。

御子が姫宮しかいない今、男児を産むとその子が次代の帝として立太子される可能性が高いということだ。そうすればその御子を産んだ后の一族は、外戚として力を振るうことが出来るのだ。

蓮花は苦笑しながら、頷いた。

「この世で最も尊い存在である主上の御子様ですからね。私たちはまだまだ関わることはございませんが、無事に健やかにお生まれになることを祈りましょう」

女御など高位の者のお産は、向こうがこれと見込んだ年嵩の女房や、経験豊富な助産師などが任じられる。いずれも上流の生まれの者の話だ。

先日、更衣の懐妊が判明した時は、助産寮の中でも最も経験のある助産師が指名された。宮仕え歴もある彼女は局を用意されて、今もそちらへほぼ付きっきりでいる。

「此度はどなたが担当となるのでしょう」

誰かが尋ねた。

今をときめく女御であるが、噂によるととても気性が激しいという。これは助産師間だけに伝わっている話なのだが、前回の出産の時は右大臣が赤子を取り上げる女性として経験のある親族の者を呼びよせたものの、大層困難を極めたのだとか。

「実は此度、右大臣様直々に助産師の指名がありました」

助産頭はざわつきを静めるように、手を叩いた。

「皆の者、静かに。いたずらに騒ぎ立ててはなりませんよ」

そして何故か彼女は蓮花の方に視線を向けた。

その瞳は、重い責務を伴う者の目をしていた。

何故か心臓が跳ねて、蓮花は無意識に手を握りしめた。嫌な予感がしてしまったのだ。

助産頭は口を開いた。そして凛々しい声が発せられた。

「蓮花。ぜひともあなたに取り上げてほしいと、下知がくだりました」

皆の視線が一斉に蓮花の方へと向いた。

蓮花は、愕然として目を見開いた。

「わ、私に、ですか……？」

晴天の霹靂、という言葉が今の蓮花にぴったりの言葉であった。嫌な予感がしたのは事実だが、まさか本当に自分に下知がくだると思っていなかったのだ。

蓮花はけして、助産経験が多いわけではない。

さらに蓮花は上流に関わるほどの身分ではなく、また女御との間に特別な縁や所縁があるわけでもない。異例の抜擢である。

「産神の祝福を授ける、というあなたの力に期待をしているのでしょうね」

「元々評判はあったけど、まさか大臣様や女御様の耳にまで届くとはね」

先輩助産師らが呟く。その声には同情の色が滲んでいた。

「あ、あの噂の影響ですか……！」

蓮花は真っ青になって頬に手を当てた。

「蓮花様、おめでとうございます！」

小鞠が目を輝かせて、無邪気に手を重ねる。蓮花が選ばれたことが余程嬉しいのだろう。

だが、蓮花はとても喜ぶどころではなかった。

蓮花は手をさ迷わせながら、申し出る。

「あの、助産頭様。私は下級の助産師で、とても女御様の出産の介助につける身分では……」

「それについては、あなたを藤原家の親戚筋の者に養女として迎えたい、と申し入れをなさるそうです」

「よ、養女……？　ですか？　わざわざこのために……！」

予想以上の展開に、蓮花は血の気が引いて頭がくらくらした。

「蓮花さん、お気を確かに……！」

小鞠とは反対側にいた先輩助産師に肩を支えられて、蓮花は我に返った。

「が、頑張って下さいね」

「そうそう。きっと……蓮花さんなら大丈夫よ。多分」

戸惑いの含まれた励ましが、蓮花にかけられる。

朝の集いはこれにて終わったため、衣擦れの音と共に他の者はそれぞれの持ち場に戻っていく。報告をする者、担当の所へ赴くために支度をする者、妹弟子らの指導や勉強につく者など様々だ。

「蓮花、個別で話があります。少しよろしいかしら」

助産頭は、未だに衝撃が抜けず動けないでいる蓮花に声をかけた。

言われた通り、蓮花はどこか現実感のない心地で彼女の卓のある方へと足を進めた。

六十路に差し掛かろうかという助産頭は、蓮花の方を向いた。

髪を肩口で切り揃えた風貌で、その眼差しは深くて優しい。

かつて亡くした子を弔うために出家したが、人々を救うよう仏のお告げがあったことで還俗し、今は助産師を取り仕切る任を担っているのだ。

「助産頭様、私にこの任は……」

言いかけて蓮花は押し黙る。右大臣という高位の者からの下知に、出来ないとは言えないのだ。

「実は右大臣様からだけではないのです」

助産頭は一枚の文を差し出した。

料紙からは、ふわりと香の匂いが立ち鼻腔をくすぐった。あまり高級な香に詳しくない蓮花でも、これは上質な代物だとすぐにわかった。

「これはもしや……」

蓮花の文を持つ手が震えた。

料紙には一流の教育を受けたと思われる、流麗な文字がしたためられていた。

女御直々の文であった。女御ほどの身分となれば、仕える女房が代筆すると思われるのだが、記された内容といい、言い回しといい、間違いなく女房の書き方ではなかった。そこには是が非でも評判の助産師に訪れてもらいたい、という希望が書かれており、結びに健やかな若宮の生誕を願う旨が込められていた。表向きは右大臣の下知であるが、女御の意向が大きいようであった。

「蓮花……」

文に目を落とす蓮花に、助産頭が静かに告げる。

「本当はこれほどの身分の方が、直々にこちらに文を書くことはあり得ないのです。もし希望があったとしても、表向きは女房が主を心配した体裁をとる……余程の覚悟と思いがあるのでしょうね」

蓮花は無言で頷く。胸の内に様々な思いが渦巻く。それは不安であると同時に、まだ見ぬ彼女を慮る気持ちであった。

助産頭は蓮花の肩を支えるように手を回した。

「私は蓮花なら大丈夫だと思っているわ。どうか産神様の幸運を」


「お前を、藤原家の養女へ、か……」

あまりにも突然の報せに、蓮花の父は思い悩んだ風情で腕を組んでいた。

七条の外れにある蓮花の実家。氏は清瀬という。けして裕福とはいえないこぢんまりした屋敷だ。もう日暮れの時間なので、高灯台に小さな明かりを灯している。

父は、蓮花が助産師の道を志した時も一度も反対をせずに送り出してくれた心優しい人なのだが、今回のことばかりはさすがに受け入れ難いようであった。

反対側には兄が真剣な面持ちで端座していた。蓮花より五つ年上で、検非違使という武官の任を担っている。蓮花には他に母と姉もいたが、二人とも既に亡くなっており、今はこの三人暮らしだ。

「大臣様の申し入れは下知も同然。当然断ることは出来まいよ。だが……」

「もし何かあれば、蓮花の身が心配ですね」

父の懸念をすくいとるように兄は告げた。

蓮花とて、父と兄を置いてこの家を出るのには、心苦しいものがある。

藤原家の養女、とだけ聞けばこの上ない名誉な話だ。今や政治の中枢にいるのは多くが藤原家だ。それも右大臣の血筋であれば、たとえ末端であろうと、余程のことがなければ安泰だ。

だが、今回の件は、その余程のことと隣り合わせになっているのだ。

「蓮花。お前の気持ちを聞かせてほしい」

父は落ち着いた眼差しを蓮花に向けた。

「正直に申し上げますと、私は怖いです。大臣様、女御様の期待があり、ひいては主上の期待もかかるでしょう。お産に安全なものなどありません。私は偶々、本当に運が良かっただけなんです。鬼が視える体質というだけで……」

鬼が視える力は、父にも兄にもなく、蓮花だけが持っている。

「でも、そのおかげで僅かでも助けられる可能性が高まるのなら、どんな命も助けたい。そう思っております」

蓮花の心にあったのは、女御の文であった。特別なことが書かれていたわけではない。けれど、雲の上の存在である御人にも自分たちと同じように、子の命の無事を願い、助けを求める心があるのだと感じた。女御として、というより一人の人としての彼女に向き合った時、身分を理由にしり込みしたくないと思ったのだ。

「わかりました。もしも何かあれば、俺も最善を尽くします」

兄は蓮花の心に抱いている緊張をほぐすように笑った。

「家のことは俺に任せて。それに家督のことなど、父上も今更こだわりはないでしょう？」

父は溜め息をつきながら、頷いた。

「お前たちがそう言うのなら。蓮花、どこに養女へ行っても、お前は私の娘だ。いつでも帰って来てよいからな」

本来ならば蓮花は既に結婚していなければいけない年齢だ。それなのに、父は婚姻を無理に進めようとはせず、蓮花のやりたいことを尊重し見守っていてくれた。

蓮花の姉が結婚したものの相手の浮名に苦しみ、儚(はかな)くなった時に、もっと幸せな道があったのではないかと悔いていたからだ。

「ありがとう、兄様、父様……」

自分を守り、育ててくれた家族に迷惑をかけるわけにはいかない。

そして蓮花は一つ、心に決めた。


その日の仕事を早めに片付けた蓮花は、いそいそと助産寮の建物から出た。徒歩で外を移動する時は、頭に被衣(かずき)、袿(うちき)はからげて裾をつぼめた装いだ。

被衣を押さえながら天を見上げると、澄み切った雲一つない空が広がっていた。日はまだ高く、この時刻ならば多くの役人が勤めているであろう。蓮花は目的の場所へと向かって歩みを進めた。

幾人もの役人が大内裏の通りを歩いている。皆が皆そうではないが、蓮花の姿を見て避けるように道の端に寄る者もいる。中にはあからさまに方向を変えて行く者もいた。

助産師は穢(けが)れに触れるため、貴ばれると同時に厭(いと)われることもあるのだ。

最初の頃は戸惑ったが、助産師の先輩に「放っておきなさい。せっかく道を開けてもらっているのだから、堂々と通りましょう」と言われてからは、次第に気にしなくなっていった。

蓮花は揺るぎない足取りで、目当ての建物の方へと向かって行った。

目的地である陰陽寮（おんみょうりょう）は、大内裏の中でも比較的典薬寮から近い距離にある。

蓮花は陰陽寮の役人らしき男性に、ある者への取次を願った。役人の男性は不思議そうな顔をしながらも、彼を呼びに行ってくれた。

「助産師殿……。何故（なぜ）ここに？」

現れたのは安倍晴明であった。空の色を彷彿（ほうふつ）とさせる浅縹（あさはなだ）色の袍（ほう）をまとっている。蓮花の突然の訪問に、驚いた様子であった。

顔を合わせるのはあの夜以来だ。あまりにも幻のような存在であったため、再び会えるのか心配であったが、ちゃんと陰陽寮に所属している青年であったようだ。

「晴明様。お呼び立てして申し訳ありません。先日のお礼と、そして少しご相談したいことがございまして」

蓮花はそう切り出す。

すると業務が終わり、それぞれの屋敷に帰るのであろう陰陽生らが、ひそひそと話をする声が耳に入った。あまりはっきりとは聞き取れないが、穢れに直接触れる者に、あまりうろついてほしくはないものだな、という言葉が聞こえる。

蓮花がそちらを振り向く前に、晴明はさりげなく蓮花の姿を隠すように動いた。

「こちらへ参ろうか」

蓮花と晴明は近くにある蔵の陰へと場所を移した。日当たりは悪いものの、ここなら人目につくこともほぼないであろう。

晴明は溜め息まじりに言う。

「えっと……すまない。俺が謝ることでもないんだが」

全く関係のない晴明に詫(わ)びられて、蓮花は慌てて首を振った。

「大丈夫です。血を見ただけで倒れるような人たちの言うことなど、気にしたことありません！」

すると一瞬、晴明は噴き出すのを押さえるように口元を手で覆った。

「そ、そうか。それは、頼もしいな」

反射的に出てしまった言葉であるが、蓮花にとっては事実であった。

難産があった時に医師(くすし)や陰陽師(おんみょうじ)を産室、もしくはその近くまで呼ぶことがあるのだが、血液の混じった匂いや血に触れた布を見て、気分が悪くなったり倒れてしまったりした者を何度も見たことがある。だから、本当に気にしたことがないのだ。

晴明は何とか堪えようとしたが堪え切れなかったようで、壁の方を向いてしまった。

「あの、失礼なことを申してしまい……」

「いや、俺も日頃の鬱憤があるからすっきりしたというか、そういう考え方、嫌いじゃない」

肩が震えている。

ひとしきり笑った後、晴明はようやく振り向いた。笑ったせいか、初めに会った時よりも柔らかい雰囲気になっていた。

「すまない、用があるんだったな」

少し和んだ空気に、蓮花はほっとしながら口を開いた。

「はい、実は……」

蓮花は先日の礼と、そして女御の担当として下知がくだったことを話した。

「つまり、女御様の出産の時も、もしも前のようなことが起こったら、力を貸してほしいということか」

蓮花は頷く(うなず)と頭を下げた。

「お願いします。その代わりに私に出来ることがあれば、何でも致します。どうかご検討頂けませんでしょうか」

晴明は眉を寄せながら唸った。

「ならば、他の正式な陰陽師に依頼をしたらどうだ」

蓮花の脳裏に、初めて会った時、血を厭うこともなく近寄った晴明の姿が浮かんだ。

「今までも陰陽師の方に居合わせて頂くことはありましたが、あのように助けて頂いたのはあなたが初めてです。だから私は、あなたに依頼をしたいと思いました」

晴明は困ったように額に手を当てた。

「俺は正式な陰陽師じゃないんだ」

「えっ!?」

蓮花は目を丸くした。

「陰陽師の弟子だって……」

「そもそも俺は陰陽生でもない」

蓮花は驚いた。陰陽師になるには、陰陽生として術に関する知識や作法を学ばなければならないはずだ。

「陰陽師である賀茂忠行の弟子だから、陰陽術を勉強させてもらっている。が、俺の役職としては下級官人で陰陽寮を含む中務省の雑使だ」

優れた術を使いこなしていたので、てっきり陰陽生をすっ飛ばして陰陽師だと思っていたのだが、真相は違ったようだ。そういえば初めて会った時、陰陽師の弟子だとは言ったが、彼自身が陰陽師だとは一度も言っていない。

「そういうわけで、使い走りばかりなんだ。あの夜だって屋敷で祝詞を唱えていたのは別の陰陽師。俺は陰で何かあった時のために、待機していたにすぎない」

「陰で、ということはやはり実力がおありなのですね」

「………その辺の奴らよりは」

「やっぱりお願い申し上げます！」

晴明はどうしたものか、と悩んだ様子で額に手をやった。

「でも、俺がいたところで」

「……わかっております。晴明様がいても、お産が無事に済むとは言い切れないということは」

何ごとも起きなければ、それが一番良い。

だが、お産に何も起きないという保証は断じてない。

それはどれだけ出産の経験を重ねた女性も同じだ。

「ただ、避けられる危険性や、私の依頼で助かる命があるのなら、その可能性を見過ごしたくはないのです」

蓮花は食い下がる。

「お願いします。万全を期すために、あなたの力をお借りしたいのです！」

女御だから依頼したのか、と言われれば返事に窮してしまう。全ての命の重みは平等だ。だが、今回の身に余る下知は、蓮花一人で責任のとれる範囲を超えてしまっている。万が一にも力の及ばないことが起こり、自分だけならまだしも家族がお咎めを受ける可能性を減らしたい。それに、手が届く範囲でもいいから、生まれてくる命や母の体を守りたい。

それらについて出来る手を全て打たないと、蓮花は前へ進めないと思ったのだ。

晴明の目が蓮花の内面を見透かすように、見つめる。

「そういえば、君は鬼が視える助産師だったな」

晴明は口を開いた。

「はい。あ、でも……基本的に口外していないので、内密でお願いします」

魔に近いということで、妊婦やその家族が厭う可能性があるのだ。先程の役人らのような者にならば何を言われても気にしない自信はあるが、さすがにお産の時にそのようなことを思われたら信頼関係に関わる。

晴明は人差し指を立てた。

「……では一つ。取引として、君に見てほしい人がいる。俺の手伝いをしてくれないか」

ガラガラと音を立てて、牛車が横を通り過ぎる。

陰陽寮から出た晴明と蓮花は、とある屋敷へと向かって歩いていた。

「屋敷まで少し歩くが、大丈夫か？」

晴明は肩越しに振り返る。後ろに付いて歩みを進めていた蓮花は、特に息をきらすこともなくしっかりと余裕のある面持ちで頷いた。

「普段からお産のために都中を駆け回っているので、慣れております」

上級の貴族の屋敷へ赴く時は牛車を用意してもらうこともあるが、それは上級貴族のお産を介助出来る者に付いていく時だ。ほとんどの場合は迎えの者と共に徒歩で向かう。

蓮花の身分では、日頃から牛車や随身が付くことはないのだ。だから足腰には多少の自信がある。

それでも晴明は気を遣ってくれたようで、蓮花に合わせて歩く速さを緩めてくれた。

「どうりで体力があるわけだ。君に憑依をした時、倒れてしまうんじゃないかとひやひやしていたが、杞憂だったようだな」

「徹夜も当たり前の仕事ですからね。むしろ真夜中に産まれることの方が多いのです。望月の夜とかは特に」

「ああ、あの伝承は本当なのか」

望月の夜は出産が多いと昔から言われているのだ。

「そうです。ですから陰陽寮の方々にとてもお世話になっております」

陰陽師は魔や鬼を祓う他にも、天を読み、暦を作る仕事もある。

誰が望月の日に宿直をすることになるのか、助産師同士の間でも毎月恒例の話題となっている。

「大変な仕事なんだな。俺たちもまじないや祝詞を唱えるのに駆り出されているけど」

「でもとても大切なお仕事なので。その分、責任も重いですけどね」

蓮花は目を伏せた。

命と直接関わる仕事は、いつだって恐怖と隣り合わせなのだ。

「どうかした？」

晴明の気遣うような響きに、蓮花は気持ちを切り替えるように尋ねた。

「これから行くお屋敷は、どのようなところなのですか？」

「俺の兄弟子の賀茂保憲の屋敷だ。彼の北の方が十日程前に出産をされたのだが、ずっと体調が思わしくない」

「十日程前ですか？」

蓮花は記憶を辿(たど)ってみたが、該当する女性はいなかった。

助産寮に依頼のあった妊産婦は、朝の集いにて全員状態を把握しているはずだ。ということは、依頼はせずに親族か知り合いの者が出産の介助に付いたのだろう。助産師は医師のように要請があってから、それぞれの屋敷に伺う仕組みになっている。知り合いに腕のある者がいれば、依頼をしない家も珍しくはない。

「ああ。高熱に強い倦怠(けんたい)感などが続いている。当然陰陽師の家系だから、祈禱(きとう)や快癒のまじないは施されているんだが、一時的に持ち直してもしばらくするとまた熱がぶり返す。医師にも診てもらっているんだが、産後なのでよくあることと言われたらしく……助産師の観点からも見てほしいんだ」

そもそも陰陽師の快癒は、本人の病を治す力を活性化させているのだという。

体内に異常があると、いくら快癒のまじないを唱えても一時しのぎにしかならないだろう。

「熱発ですか……」

蓮花は産後の状態にすぐさま考えをめぐらせた。産後は一時的に体温が上がることがあるが、大抵の場合は日数と共に熱は引いていく。体力は著しく落ちるが、それ以外にも実際の出産時の状況や出血具合、赤子の状態、子宮の状態がどうなっているのか、そもそも元々病を患っていたのかなど、聞きたいことは山ほどある。

「保憲の見立てによると、鬼の姿が視えるそうだ。彼女にとり憑いて離れないと。だから体力が落ちたことも大きく起因しているんじゃないかと思って」

「わかりました。私の目でも視てみます」

「頼む……あ」

晴明は申し訳なさそうに尋ねる。

「そういえば、あの時はやむを得ず本当の名を聞いてしまったが、呼び名を教えてほしい」

「……それがですね。私は事情がありまして」

特に隠すことではないので、蓮花は自分の名に関する特殊な事情を話した。

「元々蓮花が呼び名だったのですが、幼い頃に高熱を出して、父が命だけは助かるようにとまじないで私の本名に病を結んで流す儀式を行ったのです。そういうわけで命は助かったのですが、引き換えに鬼が視える体質になってしまって」

「ああ、それで鬼が視えていたわけか」

晴明は納得したように頷いた。

そういうわけで、蓮花自身は呼び名も本当の名前として大切にしているのだ。

「だから蓮花、とお呼びください」

賀茂邸はけして大きいわけではないが、門から見えた庭には季節の草花が植わっており、手入れの行き届いた屋敷であった。

奥の対屋（たいのや）からは、赤子の泣き声が聞こえてきた。声の大きさや泣き方から、まだ生まれたばかりなのがわかる。

「晴明……！　よく来てくれた！」

主である賀茂保憲は、だかだかと足音を立てたかと思うと抱き付かんばかりの勢いで、晴明の衣の袖を握った。

「大丈夫か、やつれてるぞ……」

晴明が心配を滲（にじ）ませた声音で、兄弟子を気遣う様子を見せた。

元々闊達（かったつ）な御仁なのだろう。晴明よりも大柄で、人の好（よ）さそうな丸い瞳が印象的だ。

しかし今は心労から顔色は悪く、憔悴（しょうすい）しているようであった。

保憲は蓮花の方に視線を向けた。

「そちらの方は……」

「産後の身ということで、助産師殿を連れて来た」

蓮花は一礼した。

「初めまして。助産師の蓮花と申します。本日は突然のご訪問……」

「どうぞどうぞ、お願いします！　どうかうちの妻を助けて下さい……！」

蓮花は挨拶も言い終わらないうちに、保憲に勢いよく招かれて奥へと案内された。

「すごく仲睦(なかむつ)まじい夫婦なんだ」

晴明は補足するように呟(つぶや)く。

「伝わってきます……」

蓮花は頷(うなず)いた。

成人男性である晴明は几帳(きちょう)越しであったが、女性である蓮花は几帳の内側に入り、臥(ふ)している北の方と対面することが出来た。

生活に支障が出ないよう、蓮花は無意識に鬼を視る深度を調整している。

しかし、活性化している鬼は炎をまとうため、程度にもよるが、意識せずとも自然と視えてしまうことが多い。

そのため、今の北の方からは体を包むように、紫の混じった炎が仄(ほの)かに立ち昇っているのが視えていた。

蓮花は「ん？」と首を傾げた。まとう炎の色味がいつもと違う。蓮花は目を凝らして、彼女の周りに舞っている鬼を視た。

小さな鬼だが、人間も少しずつ違うように鬼も僅かに違いがあるのだ。炎でわかりにくいが、よく見るといつも視る鬼と、表情や角のようなものの形が異なる。

ふと、北の方は目をうっすらと開けた。

「……どちら様ですか」

掠れた声で弱々しく尋ねた。

蓮花は会話しやすいよう、少しだけ顔の方ににじり寄る。

「初めまして。助産師の者です。産後ということで、北の方様の容体を見に参りました」

「ありがとう。……姫は、どうしているかしら」

保憲は心配の面持ちに精一杯の虚勢を張って、微笑んだ。

「大丈夫。さっきも元気に泣いていたぞ」

「そう。良かった……」

そう言って北の方は再びまぶたを閉じた。

己の体が苦しい中、まず思うことは自分の産んだ子どものことだったのだ。

苦しそうに息をする北の方の様子に、蓮花は痛ましげに目を細めると、傍にあった手ぬぐいで彼女の額の汗をそっと拭った。

「そうか、やはり君の目から見ても鬼が原因か」

簀子の階のところで、蓮花が鬼の様子や今の彼女の容体について伝えると、晴明は腕を組みながら険しい面持ちで呟いた。

保憲は今も彼女に付き添っている。

蓮花は頷いた。

「はい。産後の肥立ちが悪い原因は数多ありますが、あれは根幹に鬼が憑いていることが原因でしょう」

念のため、子宮の戻りの状態や、お産後に子宮から排出される分泌物である悪露の状態なども、彼女の周りの世話をしている家人に尋ねつつ確認した。

話によると出産そのものは問題なく、四人目の子であったそうだ。これまでは皆安産で、産後の肥立ちも悪くなかったという。今回赤子を取り上げたのは、親族の年配の女性であった。

鬼が産道を通って侵入したのか、元々体内にいたものなのか、はっきりしたことはわからない。ただどちらにしても活性化が続き、血や気のめぐりを伝って全身に向かえば、症状はより重篤となる。

「赤様の方は特に影響を受けていらっしゃらないのが幸いでした……」

心配であったので確認させてもらったところ、小さめの体軀であったものの、熱や気になる症状もなかった。これに関しては蓮花もほっとした。

「本来なら保憲ほどの実力であれば、大抵の鬼は祓うことが可能なんだが……やはり体が弱っているからか」

「それもあるのでしょうが……もしかしたら変異しているのかもしれません。鬼の形が、少し違っていたので」

蓮花は鬼の形を思い出しながら、口にした。

すると、晴明は目を見開いた。

「蓮花殿の目には、どう視えていたんだ？」

「えっと……口で説明するのは難しいので、絵で表現しますね」

蓮花は階の一番下の段にしゃがむと、庭の砂地に落ちていた枝を拾って、地面にカリカリと描いた。描いたのは蓮花の目から視た鬼の絵だった。

「丸描いてちょんちょんっと。お口はこんな感じで……ちょっと簡略化してしまいましたが、普通鬼って概ねこんな形なんですね」

晴明はひょいと片眉を上げ、「んん……」と今度は眉を下げて右目を眇めた。

彼の反応に、蓮花は少し引っ掛かりながらも続きを描く。

「他にもこんなのとか、とり憑く種類によって差があるのです」

袂を押さえて、二体目の鬼を描く。今度は少し縦に細長い楕円形だ。

晴明は「ええ……」と小声で呟き、奇怪なものを見る目で、蓮花の描いた鬼の絵を見ている。

「でも今回視えたのはこう、小さくて、ぎょろっとした目になって、体や手足もこうなって……角がちょっと変わった形をしていました」

三体目の鬼も描く。迫力を出すため、頑張って表現したところ、なかなかの力作が生まれた。

ひょっとして自分には絵師の才能があるのかもしれない。

満足げに頷く蓮花に、晴明はついに口を開いた。

「待て待て待て。え、何、こんなにその……この言葉が今妥当かわからないんだが……君にはこんなに可愛らしく視えているのか？」

「晴明様たち陰陽師の方々は違うのですか？」

不思議に思って蓮花は尋ねた。

「ああ。俺に絵の才能はないから表現出来なくて申し訳ないんだが、重苦しい靄をまとった異形の鬼が視えるんだ。ただ皆同じような存在で、鬼それぞれの違いが視えるかというと難しい」

そしてふと考え込んだ。

「じゃあ、君の目を借りれば、鬼の微細な違いがわかって、より正確に調べられるというわけか」

蓮花は先程と同じように、北の方の傍らに座った。晴明は几帳越しだ。どちらにしても蓮花の目を通して姿は見てしまうので、あまり意味はないのかもしれないが、彼女が先程のように目を開けた時のことを考えると配慮は必要だ。

晴明が今回は依り代として人型の式符を用意しようとしたところ、保憲が自分が引き受ける、と申し出た。

「妻が助かるのに苦痛なんて、何でもないさ」

保憲はやつれた様子ながらも微笑むと、妻の頭の側に腰を下ろした。

蓮花の瞳を通して彼女を見た晴明は呟いた。

「なるほど……。確かに君の絵と比べて……あっちが可愛らしすぎるような気がするけれど、概ね特徴は合っているな。そして一体一体は、随分と小さいのだな」

以前晴明の意識が宿った際は頭に彼の声が響いていたが、今はすぐ近くにいるので、背後から直に声が聞こえていた。

「そうなのです。場合によってはさらに小さくなってしまうのです」

「保憲。射復の術を使ってもいいか？」

晴明は几帳越しに保憲に尋ねた。

「ああ。かまわないよ」

「しゃふくの術って、何ですか？」

初めて聞く名称に、蓮花は尋ねた。

「簡単に言えば、透視の術だ。人の体内、精神状態を視覚的に把握することが出来る」

「本当に視えるのですか!?」

術の効力に蓮花は驚いた。

出来るとすれば、とんでもなく便利な術だ。もしも自分が扱えれば、体内にいる赤子の様子までわかるではないか。

「本当にというよりも、想像が浮かぶという方が正しい。こうであるかもしれない、という可能性や知識・知見をもとに、浮かび上がらせるんだ。精度が上がるほど、より実際に近く視えるんだが、俺も体内に詳しいわけではないからな」

「それでも晴明は人よりよく視えるんだ。普通は修行してようやく到達出来るか出来ないかの高度な術なんだぞ」

保憲が補足をする。

「逆に、体内をそのまま透視出来たら、光がないから何も視えないだろうな」

「確かに言われてみれば、そうですね」

まぶたのような薄い皮膚でも、瞑(つむ)れば光の方向がうっすらわかる程度なので、晴明の指摘に蓮花は納得する。

「けれど透視だから実際に起こっていることが反映される。そのことは念頭に置いておいてくれ」

「わかりました」

「では、意識に同調するから彼女の手に触れてほしい」

蓮花は言われた通り、右手を伸ばし、北の方の手に触れた。普段の助産師として確認する時の癖で、脈を測るように触れてしまう。とくとく、と通常より少し早めの脈動を感じる。

気が付くと蓮花は、彼女の呼吸に合わせて息をしていた。

几帳越しに微かに晴明が呪を唱えているのが聞こえる。

その声が徐々に遠のいた。

そして目の前に広がる光景に、蓮花は呆然とした。夢や白昼夢の中にいるような感覚、といえばよいのだろうか。

蓮花は不思議な空間に立ち尽くしていた。仄かに湿り気のある温かな空気で、周囲はうっすらとした光と膝の高さまでの水に満ちている。『視る』以外の感覚も感じられるということに蓮花は驚いた。実際の体内とはまた違うのだろうが、これが術の効力なのだろう。

「ここは……」

蓮花は水に手を浸してすくった。透明で温かくて、普通の水のようにさらりとしているのにどこかとろりともする不思議な感覚がある。指を広げると、水は手の平から零れ落ちていく。

『君の体を借りているから、君が描く心の風景が強く反映されているな。君が無意識に想像している体内や生まれる前の光景が、今視ているものを作り出している』

確かにそうかもしれない、と蓮花は思った。温かくて、水のようなものに満たされている。

　空にあたる部分は脈を打っているようで、赤子が生まれる前の世界は、このようなところなのかもしれない。

と、水面に波紋が浮かんだ。そこから一匹、紫色を帯びた炎をまとう鬼が現れた。

「わっ！」

　蓮花が声をあげる。

『大丈夫だ、夢の中にいるようなものだ。実際の君の体に影響はない』

「わ、わかりました！」

　そして蓮花は炎をまとう鬼を指した。

「あれが原因の鬼です！」

「『オン！』」

　晴明の意思で体が動き、指を立てて刀印を組んだ手を一文字に引いた。効果があったのか、鬼は動きを弱めた。まとっていた炎も弱くなる。

　蓮花は鬼がよく視(み)えるように近付くと、それに意識を集中させる。

『これか……。快癒の呪文が効かないということは、他の鬼と性質が違うのか？』

　蓮花は触れられないかと試しに手を伸ばしてみた。

　不意に鬼は形を歪(ゆが)めたかと思うと、一瞬の後に分裂をした。一息に四つほどの形に分かれていった。

「増殖するのが普通の鬼より早いですね……」

『それで術の効果も追いつかなかったのか』

鬼は一匹でも取り逃すと、再び分裂を引き起こし増殖していく。それによって幾度も体の熱が上がってしまっていた可能性がある。

『体が丈夫な者は普段、体内に鬼に対抗する力がある。快癒の呪文はそれを助けるように作用しているんだ。でも初めてかかる病に対してはその対抗する力——抗力が弱いと感じていたのだが……もしかして、鬼の種類によって抗力が異なるのか？』

晴明は自分の今までの経験を思い出しているようだった。

「それぞれ弱点が違うということですか？　たとえばほら、この子は角が大きいけどちょっと凹みがあります。案外ここが弱かったりして」

蓮花は増えた鬼を眺めながら、呟いた。鬼は晴明の術が効いているのか、分裂してもゆっくりと漂っている。目が吊り上がっており、怒っているようにも見える。

『そんな馬鹿な……そうなると、鬼ごとに抗力が異なるから体が一々それに対応する力を生み出す、という摩訶不思議なことが起こるじゃないか』

晴明は半信半疑ながらも、今言ったことを前提に呪を唱えた。

『ノウマク・サマンダ・バザラダン・カン』」

何か手応えを摑んだのか、それとも効きが悪かったのか、晴明は一度唱える声を止めた。

「あの、大丈夫ですか。私の目から視たのが術にあまり良い影響を与えていないとか……」

蓮花が心配して声をかけると、晴明は『そういうわけじゃない』と返した。

声しかわからないため、細かい判断は難しいが、険しい言い方ではなかった。

『ただ、全ての鬼を一律に消滅させるのではなく、そういう種類がいるとわかったら、より上手く焦点を絞れると感じたんだ』

どうやら蓮花の目から視たことは、利点に繫がったようだ。

『ひとまず、産後の体が弱ったことと鬼の種類が違うことで、体が抗力を発揮しないと考えると……』

晴明は手を合わせて別の形に指を組んだ。

「『キリトラバセラバセキリトラカサカ』」

ふわり、と空間に蛍のような光が浮かんだかと思うと、鬼がその光に包まれた。そして透明な結晶へと変化していく。

「何をしたんですか？」

『単に祓(はら)うだけではなく、体の抗力をあげたんだ。そして一度対抗出来る力を体が覚えたら、再び増殖しても同じ鬼なら弱体化させられるはずだ。そこを叩(たた)く。保憲が依り代を引き受けてくれているから出来る力業でもあるんだが』

そして周囲を一瞥(いちべつ)すると、響き渡る声で放った。

「『ノウマク・サマンダ・バザラダン・センダマカロシャダ・ソワタヤ・ウン・タラタ・カンマン』」

空間に同じような無数の結晶が現れたかと思うと、包まれた鬼が凍っていく。

晴明は蓮花の声を使って、高らかに唱えた。

「『急々如律令(きゅうきゅうにょりつりょう)！』」

次の瞬間、鏡が砕けるかのように結晶が一斉に消滅していった。

風が格子を揺らす音が聞こえてきて、蓮花は我に返った。

賀茂保憲の屋敷(やしき)であり、北の方のいる一室だ。

触れていた手を通して、北の方の熱が下がっていることに気が付いた。

保憲は、先程の術をかける前よりもさらに疲労した様子であった。依り代として術発動時の、苦痛の肩代わりをしていた影響があるのだろう。だが、目を細めて心の底から安堵(あんど)しているようだった。

北の方がうっすらと目を開けた。

「体、楽になったか？　晴明と助産師殿が祓ってくれたんだよ」

保憲の言葉に北の方は淡く微笑(ほほえ)んで、ありがとう、と唇を微かに動かす。

彼女の様子に蓮花も安堵の笑みを浮かべ、もう大丈夫ですと告げようとしたところ。

「いや」

几帳(きちょう)の向こうから、晴明の声が聞こえた。

「これは産後の体の弱りが招いたことです。そして快癒したのは助産師殿のおかげですよ」

「――えっ？」

晴明の言い分に蓮花は困惑した。

「あの、晴明さ……」

蓮花が訂正しようとしたが、晴明は立ち上がり、簀子(すのこ)の方へと行ってしまった。

おろおろしていると、保憲が申し訳なさそうに口を開く。

「すまないなあ、あいつ元々自分が前に出てお礼を言われたりするのは、苦手なんだ」

保憲は晴明の出て行ってしまった方を見て、仕方なさそうに肩をすくめる。

「でも、助産師殿の力のおかげでもあるのは、紛れもなく事実だぞ」

ほっとしたのだろう。彼が生来持っている人の好(よ)さが滲(にじ)み出る、見ている者を安心させるような笑顔であった。蓮花は慌てて手をついて一礼した。

「いえ、私は……」

「晴明に何か依頼したいことがあるんだろう？」

保憲に言われて、蓮花は驚いて顔を上げた。

「どうしてわかったのですか？」

「これでも陰陽師(おんみょうじ)だからな。あの透視術ほどじゃないけれど、顔の相とかでなんとなくわかるんだよ」

保憲は優しい顔で蓮花に告げた。

「あいつなら大丈夫。なんたって俺の弟弟子(おとうとでし)だから。もしもあいつに関して困ったことがあれば、俺に言ってくれていいからな」

蓮花が母屋から簀子に出ると、晴明は高欄にもたれかかるような姿勢で庭を眺めていた。

日は傾き、影が長く足元に伸びていた。

「あの、晴明様……」

蓮花が近付くと、晴明はこちらを振り向いた。

「女御様付の助産師になるのなら、あれぐらい大げさに言っておいてもいいだろう？」

「じゃあ……」

晴明はふっと口角を上げて笑った。

「ああ。助かった。俺は……保憲やその家族が苦しむ姿は見たくなかったからな。約束通り、女御様のお産の時は出来る限りの手を尽くそう」

蓮花はぱっと表情を輝かせた。

「ありがとうございます！」

「ただ一つ。君も俺もどれだけ努力しても、どうしようもないことは起こる。力の及ばない範囲があることは、覚えておいてくれ」

蓮花は手を握り締めて頷く。その言葉は、蓮花に痛いほど刺さった。

「わかっております。自分の力が微々たるものだということは」

この仕事を志した時に、痛感したことだ。

「それでも……」

蓮花は一度目を伏せる。

脳裏に浮かぶのは、もう十年程前の出来事。白い面差しも、冷たくなった手も、今でもありありと思い出すことが出来る。

蓮花は顔を上げて、晴明を見据えた。

「救える命があるのなら、出来る限りお救いしたいです」

「じゃあ、大っぴらにするわけにもいかないから、秘密の取引だ。よろしく。蓮花殿」

茜色(あかね)に染まりゆく空の下。蓮花は頷くと、晴明に向かって深く一礼した。

第二章　飛香舎の女御

師走（しわす）の吉日。蓮花（れんか）は藤原（ふじわら）家の親族の一人、四条御息所（みやすんどころ）の養女となった。

彼女は先々代の帝（みかど）の后（きさき）の一人であったが、子はおらず、今は四条の屋敷で女房らと共に静かに暮らしていた。そして蓮花も、本日からこちらで居住をすることになるのだ。

「か、肩が凝る……」

屋敷の簀子にて蓮花はひそやかに呟くと、とんとんと肩を叩いた。

本日は御息所への挨拶のため、紅梅色の唐衣に裳（も）を付けた正式な衣装を身に着けている。美しい色合いの衣を何枚も重ねているため、いつもよりずっしりとした重さが蓮花の体にかかる。

人生で袖を通したことがないほど上質で、地紋の入った鮮やかな衣だ。薄紅から徐々に薄紫になる変化が見られる襲（かさね）は、まるで花が違う色へと変化する様を模しているかのようだ。

顔には白粉（おしろい）や紅で化粧が施され、髪も椿油（つばきあぶら）を含んだ櫛（くし）で丁寧に梳（くしけず）られた。

先程挨拶のため初めて顔を合わせた御息所は、蓮花の母が生きていたら同じぐらいの年だろうと思われる上品な女性であった。彼女は蓮花に温かな声でこう告げた。

『養女となったからには、これから上流の立ち振る舞いをしなければなりません。当然相応の教養や品格、歌や音楽も求められることでしょう。慣れないことだらけでしょうが、謹んで励みますように』

蓮花の場合、手習いを始め助産師になるための研鑽は続けてきたが、それ以外の教養はほとんど触れてこなかったといってもいい。

きっと上流階級の者からすれば、見劣りすることだらけだろう。

けれど、もとより失うものは何もない。それに誰にどんな噂を囁かれても、一番大切な、技術と経験は誰にも奪えない。

「女御様のお産のためにも、頑張ろう」

蓮花は自身に言い聞かせるように呟くと、ひっそりと拳を握った。

助産師としての仕事も、上流貴族としての教養も、しっかりと励む所存だ。

「姫様。陰陽師殿がいらっしゃいました」

屋敷に仕える女房の一人が簀子に現れて、蓮花に声をかけた。

姫様呼びはまだ全然慣れなくてこそばゆい。

ふと視線を渡殿へ向けると、客人を通すため先導する女房の姿がちらりと見えた。

実はこの度、女御のもとへ参内する日を占うために、御息所が陰陽寮に依頼をしてわざわざ呼び寄せてくれたのだ。

「わかりました。どうぞお通し下さい」

蓮花は頷いて、御簾の内側へと入った。その足は自然と妻戸へと向かった。

簀子はこの時季寒いので、廂の方へ案内しようと蓮花は妻戸をよいせと開けた。そして声をかける。

「どうぞ、こちらからお上がり下さりませ」

「ひ、姫様……！」

客人を先導していた女房が、気絶しそうな声をあげた。

「え？」

「あ……」

女房の後ろにいた客人は、目を大きく見開いた。そして庭に興味を惹かれたかのように、さっと顔を背けてくれた。

伝達をしたもう一人の女房が蓮花を下がらせる。

「姫様。それは我々の役回りでございます。くれぐれも軽率に、殿方の前へ出ることのないようお願い致します」

「も、申し訳ありません……、つい」

蓮花はしまった、と頭を抱えたくなった。

上流貴族の姫は、対面で直に男性と顔を合わせることはほとんどない。何か所用があったとしても御簾越しで会うのが通例だ。

知らなかったわけではない。頭には入っていた。けれどこれまでの習慣から、体がそう動いてしまったのだ。

廂に客人を通すと、女房はしめやかに下がって行った。呼べばすぐに参じる位置にいるのだろうが、細々としたやり取りまでは聞こえないだろう。

「……晴明様」

廂と母屋を隔てる御簾越しに、蓮花は声をかけた。

軽くうつむいていたが、笑うのを堪えているのが丸わかりであった。

「はい。賀茂忠行の名代で参りました。この度はおめでとうございます」

くはっと晴明は堪え切れなくなったように息を漏らした。そして以前会った時のようにくだけた口調で話した。

「せっかくいつもより綺麗な格好と化粧をしているのに、行いはさほど変わらないようだ擁護してくれているつもりのようだが、全く擁護になっていない。

「もう二度と間違えません」

眉間にしわを寄せて、蓮花はそう口にした。

「むしろ女御様のもとで粗相をしなくて良かったと思うことにします」

そう思うと相手が晴明で幸いだったのかもしれない、と蓮花は思った。彼なら蓮花の失態を吹聴することはないだろう。

気を取り直して、蓮花は室内に首をめぐらせた。

「えっと、晴明様。言われていたものを準備致しました」

蓮花は文机の上に置いていた料紙を手に取ると、御簾を挟んだ晴明の近くへにじり寄った。そして少しだけ上がった御簾と床の間に差し込み、晴明の手元に置いた。

「ああ。ありがとう。蓮花殿の絵、自分にしては珍しく気に入ってしまって」

晴明の声に、笑みのようなものが滲んだ。御簾越しで表情はわかりにくいが、何となく目を細めた気がした。

約定書代わりに、絵を描いてほしいと晴明は蓮花に言ったのだ。

「何でもいいと仰ったので、本当に心の赴くままに描きつけました」

晴明の成人男性らしい長い指が、しなやかに料紙をなぞる。

「えっと……これはうさぎ？」

「はい、日なたでうさぎが野を駆けている絵です。昔、都の外れまで行った時に、見た光景です」

少し簡略化しているが、一匹のうさぎと野原や空を描いた絵だった。

「……これ、日の輪だったのか。うさぎが吸い込まれそうになっているように見えるんだが」

晴明は円の周囲にあるうねった線を指して言った。

「これは日の光を表したものです」

「独創性があって、面白い感性だな。他の者の評価はともかく俺はこういう味のある絵、好きだから良いと思うぞ」

言い回しは微妙に気になったが、少なくとも気に入ってくれたようだ。

「ありがとうございます！　私も、私の絵が好きです」

褒めてもらったのが嬉しかったので、礼を言う声も自然と弾む。

「うん、じゃあこれでいこうか」

何をでしょうか、と蓮花が聞く間もなく、晴明は料紙を手に取った。

微かにまじないを唱える声が聞こえたかと思うと、晴明は絵にそっと息を吹きかけた。

そして料紙を元の位置に置くと。

むくり、と手の平ほどの大きさをした一匹のうさぎがそこにいた。

「えっ!?」

蓮花は驚いて目を見張った。紛れもなく、蓮花の描いたうさぎが形を得た姿であった。

ちなみに元の絵は紙に残っているため、飛び出てきたわけではないらしい。

「君の思念と俺の術を組み合わせて、使役する式というものを召喚した。今度から俺と連絡をとる時は、この子を介してくれたらいい」

蓮花が手を伸ばすと、うさぎはぴょこぴょことやって来た。

「可愛い……」

蓮花の口元がほころんだ。

「お名前を付けても良いですか？」

「ああ。その方が呼びやすいな」

「では……白い子なので『ましろ』で」

「わかった。ましろ、蓮花の傍に付いていてくれ」

するとうさぎの式は耳をぴょこんと上げたかと思うと、口を開いた。

「わかりました！」

発せられたのは少し高めの、童（わらわ）のような声だった。

「喋（しゃべ）った！」

慌てて蓮花は口を押さえる。女房に聞きつけられたら、色々と驚かれてしまうに違いない。

蓮花の反応を楽しそうに眺めながら、晴明はましろを指した。

「内裏へ行く時も、この子を供にすれば良い。そうすれば心強いだろう？」

晴明の心遣いが嬉しくて、蓮花は胸の内が温かくなった。

「ありがとうございます！」

「基本的に他の者に姿が視（み）えたり声が聞こえたりはしないから、そのあたりだけ気を付けてくれ」

蓮花は頷（うなず）いた。

「わかりました。よろしくお願いしますね、ましろさん」

「はい、お役に立てるよう頑張ります！」

ましろは耳を大きく振って頷く。

これから先のことを考えると気負う気持ちも大きかったが、今はなんだか心が軽くなっていくように感じられた。

蓮花が担当することとなる女御は、今上の帝が即位前に婚儀をあげた最初の后であり、即位後に入った内裏の建物の名が飛香舎であるため、飛香舎の女御と呼ばれていた。庭には藤棚が存在し、夏になれば、見事な藤の花を咲かせるのだという。それゆえ、この建物は藤壺とも呼ばれている。

晴明の訪問から数日後。

蓮花は、飛香舎の女御が日常を過ごす御座所に通されていた。

本日の蓮花の装いは紅の薄様の襲で、雪輪紋様をあしらった白地に紅梅の色味を覗かせた唐衣裳である。女御より派手にならないよう、けれどけして見劣りしないよう、義母である御息所自らが吟味を重ねて選んでくれたものだ。

まとっている薫香は、うっすらとした梅の香である。

常日頃から、助産師らの香は総じて薄い。妊婦がつわりなどで気分が悪くならないように、という配慮と、お産の進み具合によって感じる独特の香りをかき消さないためだ。よって、助産師は身綺麗にする頻度が普通の貴族より多く、潔斎にも気を遣っていた。

御座所には他の女房が揃っており、几帳越しの視線が蓮花に注がれている。蓮花の前方には御簾があり、その奥が女御の御座である。蓮花のいる位置は廂にあたるため、すぐ後ろは簀子だが、隙間風が入らないよう今は格子が下げられていた。

「蓮花さん、大丈夫ですか?」

ましろが袖口からそっと顔を出した。存在しないはずの眉が下がっているように見える。

蓮花は黙ったまま、口元だけ微かに微笑んでましろの頭を撫でた。

大丈夫だから、大人しく見守っていて下さいね、と蓮花は内裏に入る前に約束をしていたのだ。

すぐ傍に女房がいるので声はかけられないが、この子の存在が蓮花の心を強くしてくれていた。

それにしても調度品からして格が違う。几帳一つとっても、最高峰の品なのだということがよくわかる。四条の屋敷も立派なものであったが、こちらの方は真新しさもあるためか、より煌びやかな印象であった。

衣擦れの音がして、御簾の向こう側で複数の人が訪れる気配がする。目にも鮮やかな色の襲が御簾と床の僅かな隙間から見え、蓮花は平伏した。

「面を上げよ」

最も女御に近い場所で控えていた年嵩の女房が、声をかけた。

蓮花が顔を上げると、椿の濃紅色の襲が御簾の下から見えた。清涼感と深みのある香りがふわりとたゆたう。沈香よりもさらに上質で、伽羅だろうか。きっと女御の衣に焚き染められているものだろう。感覚が過敏になっている妊婦にとって、何が快か不快かは本当に個人差があるのだが、この上品な香りは今の女御にとって良いものであるようだった。

「噂はかねがね聞いていた。産神の祝福を受けている助産師というのは、そなたのことか」

初めに声をかけた女房が、続けて尋ねる。

女御のような身分の高い者と接する際は、まず側仕えの者を通して、疎通をとるのが通例なのだ。

御簾越しに、強い視線が注がれているのを感じる。

緊張しすぎて声が震えそうになったが、蓮花は喉に力を込めた。

「恐れ入ります。この度は飛香舎の女御様のもとに侍る機会を得られましたこと、まこと光栄に思います。産神の祝福と申しますのは、何よりも日頃の行いが健やかであった母君や吾子様に授かったこと。私には身に余る呼び名で、畏れ多いことでございます」

几帳の隙間や御簾の奥から、女房らが小声で会話するのが聞こえてきた。

「思っていたよりも若い者だのう」

「本当に大丈夫なのでしょうか……」

蓮花は表情を変えぬよう、意識的に背筋を伸ばす。呼吸を整えて、少しでも緊張を抑えるのだ。

「技術と知識と経験。本日に至るまで、この身にて研鑽(けんさん)をして参りました。女御様が健やかな御子様をお産みあそばしますよう、謹んでお役目に励みとう存じます」

事前に考えていた文言を無事に言い終えると、御簾の奥で女房が女御とやり取りをしている気配がした。

緊張を和らげる方法の一つとして、あらかじめ言われそうなことを想定していたのだ。

幸い、四条邸には後宮に仕えた経験豊富な女房が何人もいて、どのような口上や振る舞いが相応(ふさわ)しいのか教えてもらったのである。

「経験と申したが」

側付の女房が、芯のある声音で尋ねた。

「助産師殿自身は出産を経験しておるのか」

問いかけに、蓮花は落ち着いた風情で一つ瞬(まただ)く。

「いいえ。私自身は未婚の身でございます」

几帳の陰のざわめきが大きくなったように感じた。少々頼りないのでは、という声がちらほらと聞こえる。

側付の女房は取りなすように、手を打つ。

「此度の推挙は女御様や大臣様の希望。そのために異を唱えるわけではないが、後の憂いが残らないよう申すと、やはりこう若くて出産を経験したことのない女性に介助が務まるのか、我々も一抹の不安があるのだ」

「それは蓮花さんに失礼じゃないですか！」

大人しくしているよう言っておいたのに、ましろは顔を出してむっとした表情で女房を睨みつけた。

対して、蓮花は落ち着いた様子でその言葉を受け止めていた。

後宮に限らず、年若い蓮花が、古参の女房や母親にあたる女性からそう思われるのは珍しいことではない。

陣痛の最中に不安や痛みが募って、産んだことがないのにあれこれ言うな、と八つ当たりされることもある。

しかし蓮花はこれを言われるのは良い機会だと捉えていた。出産の困難さを改めて説明することが出来る。むしろ助産師がいるから安泰だ、と手放しで歓迎される方が怖い。

「仰る通りでございます」

蓮花は強い光を宿した目で、御簾越しに女房を見据えた。女房が思わず戸惑った気配を感じたぐらいだ。

「出産したことがないからこそ、自分の経験による思い込みがなく、様々なことを想定して、相手にとって一番良いお産を考えることが出来ると思っております」

蓮花は産む痛みも経験していないので、想像でしかわからない。これぱかりはどうしようもないことだ。けれど助産師として必要なのは、痛みを経験していることではない。

「そして出産される方のお傍につく時間は、実際に産む者より長い時間経験しております。どう声をかけていくか、促していくか、その知識は人よりあるかと思います」

丁寧に、けれど揺るぎない口調で蓮花は告げる。

けしてきつい双眸ではないのに、その目の光の強さは、助産を経験した者だけが宿す眼差しであった。周囲の者が思わずその気迫に惹きつけられ、静まり返るほどだった。

「助産師の交代も、可能でございます。ただ、人員に限りがございますので、必ずしも出産経験のある助産師がいる保証はございません。もしご心配でしたら、信頼のおける方を置いて頂いてかまいません。お気に障ることがあれば、いつでもお申しつけ下さい」

人は自分の選択の幅が狭まったり、決定権がなかったりすると不安になる。

充分に説明をして、双方が納得してからの方が、後々の憂いも小さくなるのだ。

すると御簾の向こうから、鐘を壮麗に響かせたような凛とした声が聞こえた。

「良い。代わりの者など必要ない。助産師よ。名は何という?」

蓮花は呆気にとられた。

女御が自ら御簾を押し上げて、蓮花の方へと視線を向けていた。

華のある女人であった。長いまつ毛に縁どられた意志の強そうな瞳が蓮花を真っ直ぐ見据える。通った鼻筋に、吸い込まれるような赤い紅が印象的であった。髪は黒絹のように艶やかで、肩から床についてもまだ続いており、たっぷりとした長さはまるで流れる川のようだ。

「にょ、女御様……!」

側付の女房が戸惑った声をあげた。

だが、女御の迫力に圧され、蓮花は己の名を告げる。

「蓮花と申します」

「では蓮花。早速見てもらおう。こちらへ」

蓮花はちらりと側付の女房を見る。おそらく想定していた段取りと違うのであろう。だが主の命とあれば仕方がない、と女房は不承不承頷く。

蓮花は膝行すると、御簾の内側である母屋へと入った。

本来なら客人が入れるのは廂までとなる。だが、これから直接女御と胎児の状態を見るために、蓮花も特別に入ることを許されたのだ。

ここから先は公から私の空間になる。そのため、ましろは控えて廂の方で待機していた。

御簾越しではわからなかったが、女御は袴の上から、妊婦の証である紅と白の絹の腹帯を巻いていた。隙間から見えた小袿は肩にかけられており、すぐに脱ぎ着が出来るようになっていた。高位の女性は上衣の唐衣や裳を省略して小袿を着用する。今、彼女がこれほど薄着である理由はこの後に体調べを行うからだ。

「女御様。やはり以前のお産の折に姫宮様を取り上げた、典侍殿もお呼びした方がよいのではありませんか」

側付の女房が、こそこそと女御に進言する。

「命婦。あのうるさい者をまた寄越すというのか。お断りだ。かえって疲れが倍増した」

女御はきっぱりと断った。

典侍も命婦も耳慣れない響きだが、いずれも後宮に仕える女官の名称の一つだったはずと蓮花は思い返す。

命婦と呼ばれた女房はやや不満の表情を浮かべていたが、女御は気にすることなく蓮花の方を振り返った。

「わざわざ呼んでおいて、面倒なやり取りをさせてしまったな」

「いえ、かようなご指摘、主である女御様を本当に大切に想っていらっしゃるからこそだと」

そう答えると、ふふっと女御は面白そうに口元に笑みを浮かべた。

「先程から思っていたのだが、随分はっきりと物を言うのだな」

「え」

蓮花としては、これでも相当控えめな物言いであるつもりなのだが。

「まあ良い。その物言いは嫌いではない。早速、子の状態を見てもらおうか」

その後、蓮花は命婦や他の女房の見守りのもと、粛々と助産師としての役目を全うした。

女御の腹囲を紐で測り、印を糸で結ぶ。これが胎児の成長の記録となる。

成長するにつれ、糸の位置が変わってくるのだ。腹の膨らみが目立ってきたら、臍から下の子宮の長さも測る。もしも腹の子が双子だった場合、この測定が気付くきっかけにもなったりする。

順調に成長しているのか、母親の元の体形によっても異なるため、一定の値はない。それを加味した上で普段の食や振る舞いで気になることがあれば、女房に伝えるのだ。

手足のむくみ、爪の色、出血が起こっていないか、食事の摂取状況やつわりなども確認する。

「姫宮様の時はつわりがひどかったのですが、此度は食が細くなることはなく、むしろいつもよりも召し上がられる頻度が高いのです。御子様をしっかり育てよう、という思いが体に表れているのでしょう」

命婦が近況について説明をする。

彼女の話に適宜丁寧な相槌(あいづち)を打ちながら、蓮花は食事以外に食べている内容を確認した。唐菓子、果物などが多いという。もしかしたら、空腹時に気持ちが悪くなるのかもしれない。

「あまり大きくなりすぎると産道を通る時に女御様も御子様も苦しくなってしまいますから、時間を空けて少しずつ食べるという方法を行っても良いかもしれません。食事の時間が定まっていらっしゃるのならば、医師(くすし)を通じて私からもお伝え致します」

助産師から直接意見をすることは出来ないので、こういった場合は医師を通じて伝えるのだ。ひどく遠回りのような気がするのだが、周知しておくにこしたことはない。

「なるほど、一人目の時より早く産めると思っていたが、そういうことが起こるのか」

女御は納得したように頷いた。高貴な女性の場合、説明は基本的に側付の女房からされて本人はあまり口を開くことはない、と事前に聞いていた。しかし女御の場合は性格なのか彼女自身が口を開くことも多く、蓮花は素振りには見せなかったものの正直驚いていた。

やはり、食べないと気持ちが悪いという症状はあるようで、基本的には徐々に落ち着く症状であること、症状が長引いたり悪化したりする場合は今のように、助産師や医師に相談してもらうよう伝えた。

「御子様におかれましては、健やかにお育ちになられていると思われます」

女御も命婦もその言葉に安堵したように息をついた。

「元気な男御子であれば……それで良い」

女御のその一言に、蓮花は何と返答するべきかと逡巡した。

命婦は蓮花に尋ねる。

「助産師殿、生まれる子が若宮様か姫宮様か判別する方法はございますか？　もしくはこうしたら生まれやすいという方法など」

「そ、そうですね……」

医術として存在しないとは言い切れないのだろうが、まじないや授かった月の満ち欠けからの推測、徳のある者と接するなど、どれも確実とはいえないものであった。

「優れた医師や助産師は、赤様の動きの判別や腹部の形から見抜かれる方もいらっしゃるとは聞きますが、残念ながら私自身、そのような方とお会いしたことはございません」

もしかすれば晴明が施したような透視の術があれば、生まれる前の子の性別もわかるのかもしれないが、さすがにそれは陰陽師の領域なので蓮花が勝手なことを言うわけにはいかない。

それに事前にわかったところで、どうすることも出来ないのだ。

女御の目が暗く沈んだ。

「先の出産の際は、姫宮を産んだことに父は大層がっかりされた。今度こそ、若宮でなければならない……」

女御が拳を握りしめたのを、蓮花は視界の端で見た。

后の役割の一つとして、帝の直系を絶やさぬために、男児を産むことが求められる。

そもそも望んだからといって必ずしも、子を宿せるわけではない。ましてや、性別を選べるわけでもない。

命を産む場に立ち会っていると、無事に生まれてきたことが何よりも奇跡だと感じるのだ。母子ともに健康であること以上に幸せなことなどありはしないのに。

仕事も無事に終わったため、蓮花が廂へ戻ろうとしたところ、衣を整えた女御は日差しに当たりたい、と言ってゆっくりと立ち上がった。

座っている時間が長いと、立ち上がった時にふらつくこともあるため、蓮花も女御に付き添った。

女御の命によって廂の格子は外され、丸見えにならないよう御簾が下げられる。外の空気が入り込むが、日光が暖かいのでさほど苦にならなかった。

お互いに立った姿で見ると、女御は背も高く見栄えがする。蓮花も低い方ではないが、女御の方が拳一つ分は高かった。

女御は御簾にそっと手を当てた。

「日の光を見るたびに、主上を思い出す。まことに、どの者にも降り注ぐ日の輪のような御方でいらっしゃる。だから私は、日の光が好きなのだ」

主上は天の神の子孫と言い伝えられている。主上のことを話す女御の表情は柔らかく、彼女の本心に触れたような気がして、蓮花は少しどきりとした。

ふと女御は一転してこれ以上ないほど深刻な表情になった。そして衵扇で口元を隠しながら、蓮花にそっと尋ねた。

「産神（うぶがみ）の祝福を授ける助産師の名を背負うそなただからこそ、聞きたいことがある」

「何でございましょう」

一変した女御の面持ちに、蓮花は緊張しながら聞き返す。

考えてみれば、今回の依頼は女御の強い意向があったと思われる。本当は何か蓮花に相談したいことがあったのかもしれない。それならば日差しを浴びたいことを理由に、わざわざ蓮花と共に廂にまで足を運んだのも、納得であった。

「そなたの出産は安産なのだと言われているが、その……痛みが楽になる出産方法があるのか？」

「お産の、痛みでございますか？」

意外な問いかけに蓮花は瞬（また）いた。

「痛みがなければ、なおよい」

女御はいたって真面目な顔で告げる。

「さすがにそれは……」

蓮花は答えあぐねた。

そもそも安産とは母子ともに無事で産まれたという結果の意味合いが強く、安楽なお産だったというわけではない。安産でも痛みのあまり、泣き叫んだ実例もある。

痛みの伴わない出産は、妊婦の意識がないというさらに危険な状態の時である。

女御の期待に応えられず申し訳ないが、残念ながらございません、と告げてよいだろうかと蓮花が逡巡していると。

ふと全く異なる甘さを含んだ香りが簀子の向こうから漂って来た。

梅壺と呼ばれる凝華舎の建物から渡殿を通って、女房装束をまとった女性ら数人が現れた。

飛香舎と凝華舎は隣り合う建物で、渡殿で繋がっている。そして飛香舎の南側には清涼殿、つまり主上が日常を過ごす御殿が立っている。凝華舎の者がそちらへ向かおうとすれば、この建物を通ることになるのだ。

現れた女性の一人が誰なのか、蓮花にもすぐにわかった。何故なら、赤い腹帯を巻いていたからだ。

女御は御簾の向こうに目をやると、眉をひそめる。

そして誰かが止める間もなく、御簾を軽く押して合間から顔を覗かせた。

「更衣殿ではないか。このような時刻にこちらを通るなど、一体何の用だ」

腹帯を巻いた女性は、現在主上の子を身籠っているもう一人の后であった。

衣を持っていくのか、周囲の女房らは螺鈿の箱を恭しく手にしていた。

「女御様におかれましてはご機嫌麗しく。主上に新しく仕立てられた御衣を届けに参ります」

更衣は、ゆるりとした笑みを浮かべた。

女御とはまた異なる、柔らかい印象の女性であった。

彼女は中納言、藤原元方の娘であり、右大臣の娘である女御の方が身分としては上だ。だが柳のようにしなやかで、恭しく接しつつも女御の迫力に怯む様子はなかった。

「それはそれは。さぞ良い品であろうな。主上もお喜びになられることだ」

女御は口元に笑みをのせるが、目が全く笑っていない。

二人の前に見えない火花が散ったような気がして、蓮花は表にこそ出さなかったものの内心震え上がった。

一方、更衣は女御の言葉を微笑み一つでふわりとかわすと、視線を滑らせた。女御がずらした御簾から姿が丸見えであったため、蓮花と目が合う。

「そちらの方が、産神の祝福があるという助産師殿ですか？　先程簀子から案内されているところをお見かけしたので」

「は、はい」

「聡明そうなお顔立ちね。ここで会えたのも何かの御縁。私も健やかな御子が産めるような気が致します」

場の空気が凍った。ように蓮花は感じた。おそらく更衣の言葉は心の底からの善意によるものだ。けれど蓮花が召し出された経緯や二人の立場の複雑さを考えると、よろしくない、ありていにいえば、喧嘩を売っていると受け取られても仕方のない言葉であった。

「彼女を私のもとへ来させるために、養女にまでさせたのだ。断じてそなたのもとへ遣わすためではない」

沸々とした感情を抑えるように、女御は低い声を轟かせる。その目は峻烈で、さながら鼠を狙う蛇のようであった。

更衣よりもまず、更衣に付き従う女房が庇うように動いた。

「主上をお待たせしてはなりませんので、これにて失礼致します」

女御はぐっと唇を嚙みしめた。主上の名を出されたら、女御とて引き下がるしかない。

更衣や付き従う女房は楚々とした動作で簀子を進む。その女房の中に、蓮花は見知った女性がいることに気が付いた。更衣の助産に指名された先輩助産師の秋葉であった。助産師の中では、助産頭に次ぐ年嵩の彼女は蓮花を一瞥することもなく進む。一見冷たく感じるが、これは彼女の元々の性格によるものと蓮花もわかっているので、一礼するに止めていた。

ふと、彼女たちの香に混じって、ふわりと一匹の微小な鬼が視界をかすめた。普段、意識をしなければ視えないはずの鬼。何故かそれが目に映ったのだ。

蓮花は瞬いて鬼を目で追おうとしたが、隣に立つ女御の肩が震えていることに気が付いた。

「女御様？」

彼女の様子に蓮花は気遣いながら声をかける。

すると女御はぱっと簀子へ出たかと思うと、持っていた衵扇を振り上げた。視線の先には更衣がいる。

咄嗟に蓮花は飛び出て、彼女の手首を押さえた。

「女御様！　なりません！」

そう声をあげると、その手から扇を奪い取った。この距離では投げつけたとしても当たらなかった可能性の方が高いだろうが、もし頭に当たったり、よろけて転倒したりしたら大変なことになる。

しん、と周囲は静まり返っていた。そして蓮花はようやく己の失態に気付く。

「あ……」

「人生終わった……」

蓮花は飛香舎とその南側にある後涼殿(こうりょうでん)を結ぶ渡殿の端でぐったりとしていた。このすぐ隣に清涼殿が存在しているのだ。

妊娠中は気分の波が大きく、平常なら起こさない行動も起こしてしまう人がいる。さらに出産の時は不安から暴れたりして子が危うくなり、罵られても本気で押さえつけなければならない時もある。そういう前提や経験があったため、つい体が動いてしまった。

頭ではわかっていた。そして相手が女御様であるということもわかっていた。百歩譲って止(と)めたとしても、注意をするのは蓮花の役目ではなかったというのに。

あの後蓮花はさーっと血の気の引く感覚に陥り、周囲も動けなかった。いち早く我に返ったのが命婦であった。彼女は蓮花にそのまま退室するように告げ、奥に控えていた女房たちと共に、呆然(ぼうぜん)としている女御を宥(なだ)めながら御簾の内側へと入って行った。

蓮花の様子に、ましろはおろおろしながら一生懸命慰めの言葉をかける。

「蓮花さん、元気出して下さい。きっと大丈夫ですよ……！」

退室するよう告げられた時、命婦の口から「上手(うま)く申し上げますので」という言葉も聞かれたので、それを信じたい気持ちはあるのだが。

「次に顔を合わせる時、どう振る舞ったら……そもそも次があるのでしょうか……」

蓮花は高欄に身を預けて、頭を抱えた。

このまま話が拗(こじ)れれば、お役目を解かれたり、何らかの処分を下されたりしてもおかしくはないのだ。

「どうすれば良かったのかしら……」

ましろは高欄に上ると、蓮花の肩を優しくさすった。

「でも、蓮花さんが動いてくれたから、誰も怪我(けが)しなかったんですよ」

蓮花は自分の行動を思い返した。

きっと動いていなかったら、もっと後悔していた。

誰かが怪我をするぐらいなら、自分が身を挺(てい)して止めるだろう。何回想定し直しても、それ以外の行動は考えられなかった。

「……ありがとう、ましろさん。励まして下さって」

そういえば先輩助産師が、身分の高い者の所に行った後は総じて「疲れた」という感想を述べていたが、こういうこともあるからか、と蓮花は身に沁(し)みて思い知った。

帰りの牛車を待たせているので、そろそろ向かわないといけない。後は四条の屋敷(やしき)に戻るだけなので、蓮花としては徒歩でも全く問題はないのだが、正式な装束を着ているのでそういうわけにはいかないのだ。

身を起こした蓮花の目に、ふと一匹の鬼が宙を舞っているのが視えた。先程、更衣と出(で)会った時に見かけたのと同じ鬼であった。

日が傾きつつある時刻。この時期は日の暮れも早い。

逢魔(おうま)が時(とき)、もしくは黄昏(たそがれ)時と呼ばれる。

鬼の向かった方に一人の男性がいた。政務が行われる清涼殿がすぐ近い距離にあるので、そちらに用のある男性だろうかと思ったが、それにしては奇妙な格好であった。

成人男性が被(かぶ)るはずの烏帽子(えぼし)がなく、髪は緩やかに結び、左肩へと流している。黒の裳(も)付けに括(くく)り袴(はかま)という一見すると僧のような装束で、黒い脛巾(はばき)を着け、黒塗りの沓(くつ)を履いている。背丈は晴明と同じぐらいかと思ったが、踵(かかと)だけが高い珍しい形の沓であるため、実際はもう少し低いだろう。

目じりはやや垂れており、目の周囲や唇に紅を差して化粧をしている。蓮花より少し年上の青年なのだろうが、そのことが年齢をわかりにくくさせていた。

男性の開いた手に、鬼が一匹着地した。

そして彼は、蓮花の方に視線をやった。眼差(まなざ)しは鋭いわけではないが、居心地の悪い視線であった。

男性の紅を引いた唇が開いた。

「産神の祝福を授けるという噂の助産師殿ですね。ですが一体、あなたは何を企んでいらっしゃるのです？」

穏やかながらも、艶のある声音であった。視線がましろの方に注がれる。蓮花は驚愕した。彼にもましろの姿が視えているのだろうか。怖がっているのか、ましろがそろそろと蓮花の肩に隠れる。

蓮花は男性の目からましろを隠すように袖を掲げると、無意識に足を引いた。

「……何のことか、わかりません」

張り詰めた空気が流れた。

「まあ良いでしょう。くれぐれもあの男、安倍晴明にこれ以上近付かないことですね。彼が行ってきたことを知れば、あなたは力を貸してほしいと言えなくなるでしょう」

「え………？」

安倍晴明という名前を出され、蓮花は目を見開く。その反応に、男性はくすりと笑ったような気がした。けれどそれを確かめるすべはなかった。

蓮花が瞬きをした瞬間に、その男性の姿は消えており、代わりに庭の枯れ葉が一枚はらはらと落ちていただけだったからだ。

翌日、蓮花は助産寮の建物内で重い息をついていた。昨日の出来事や会った男性の声が、まだ耳から離れない。まるで疑念のように、脳裏を侵食する。

あの者は、晴明に近付くなと言った。余計なことを言いたくない気持ちと、何か知っているのなら確認したい気持ちがせめぎ合う。

雑念を振り払うように、蓮花は筆に墨を含ませて、記帳を行っていた。

女御付きの助産師になったからといって、他の仕事が減るわけではない。いついかなる時もお産現場に向かえるよう待機しながらも、合間に日々の記録を付けて、妹弟子らへ指導なども行っていく。

本日も朝からとある貴族の姫の様子を見に行っていた。その姫は産み月が近く、夜中より腹部の張りを感じるという訴えがあった。陣痛かと蓮花が確認したところ、張りの間隔自体はかなり空いており、危険な兆候もなく、この時期の妊婦ならば誰でも起こり得る症状であった。そのことを姫に伝えると安心から緊張が和らいだらしく、腹部の張りは無事に治まり、蓮花は早めに助産寮に戻ることが出来たのだった。

「蓮花さん、お疲れではありませんか？」

傍(そば)にいたましろが蓮花に尋ねた。昨日のことがあるからか、気遣ってくれるのを感じる。

蓮花は周囲に気付かれないよう、小声で返答した。

「大丈夫よ。もう少ししたら休憩もとりますから」

ましろは蓮花の記帳を覗(のぞ)き込んで、首を傾(かし)げた。

「絵を描いていらっしゃるんですか？」

紙に文章の羅列だけではなく、線が引かれているのを見て疑問に思ったのだろう。ましろの問いに蓮花は薄く微笑(ほほえ)んだ。

「変わってるでしょ。系図のようにしているんです。この方が説明しやすいから」

短い文章を書いて、それぞれ関連するよう線を結ぶ。もちろん普通のかな文字を羅列する場合もあるのだが、担当の母親と児の状態などは、ぱっと見てこちらの方がわかりやすいのである。典薬寮(てんやくりょう)の医業生に見られた時はこれだから学のない者は、と鼻で笑われたこともあるのだが、見やすいのだから仕方がない。

「なるほど！　見た人にもわかりやすく書かれているんですね」

ましろはふむふむと耳を揺らして頷(うなず)いた。

「このように書いているのは、私だけなんですけどね」

「晴明様もきっとわかりやすい、って仰(おっしゃ)られると思いますよ！　晴明様も見たものを、思い浮かべたり、出現させたりするのがお得意なので」

「そういえばましろさんの姿も、私の絵から術で出現させて下さったのですものね」

「はい、この通り！」

ましろは得意げにくるりと回った。

晴明のことを思い出し、蓮花はましろにこっそり尋ねた。

「ましろさんって、晴明様のことをどこまでご存じなの？　その……昨日のことが気になって」

するとましろは、申し訳なさそうに耳を下げた。

「ごめんなさい。基本的には今の晴明様のことしかわからないんです。式なので、最初に作られた時の力の状態とか、そこから把握出来ることはわかるんですけど……」

蓮花は慌てて首を振った。

「ううん。私の方こそごめんなさい。怪しい人の言ったことなんて、気にしてはいけないですよね」

そして再び筆を手に取ったその時。

「……もう無理でございます！」

突然建物内に響き渡った悲痛な声に、蓮花は思わず手を止めて母屋の方を振り返った。

声の主はすぐにわかった。

蓮花とほぼ同じ時期に修業をした助産師の伊吹（いぶき）であった。彼女は医師（くすし）の一族である和気（わけ）氏の血を引いている。温厚で、普段ここまで感情的になることはまずない彼女に、何があったのだろうか。

「どうしたの？」

蓮花は立ち上がると、近くで書物を広げていた小鞠（こまり）の傍に寄って尋ねた。

見ると伊吹は、助産頭のもとで手をついて頭を下げて暇を請うていたのだ。

小鞠は目を泳がせながら、そっと耳打ちをする。

「担当されたお産で、立て続けに母親もしくは赤様が亡くなられたそうで……」

蓮花は口元を覆った。彼女は物忌みから明けて、ようやく典薬寮に赴き、助産頭に暇を申し出たのだという。

「あなたに落ち度はなかったのでしょう」

助産頭は優しくそう訊（たず）ねるが、伊吹はうつむいたままであった。柔らかげな黒髪が、彼女の表情を覆い隠す。

「それ以上に心が限界なのです。もう助産寮からさがらせて下さりませ」

蓮花は居ても立ってもいられず、彼女の方へと近付いた。

「伊吹さん、どうかお気を確かに……」

　ずっと共に学んできたのだ。彼女の存在が蓮花にとって励ましになったことは幾度もある。しかし伊吹は両手で顔を覆うと呻くように言った。

「あなたは良いわよ。産神の祝福を受けていらっしゃるから……！」

　突き放された気がして、蓮花の心は軋むように痛んだ。

　しかし蓮花はさらに傍へ寄ると、肩に手を回して背中をさする。伊吹は蓮花の肩に額を預けると、それまで堪えていたものが堰を切ったように溢れ出た。

「あなたに私の気持ちはわからないわ！　何で私の時ばっかり、何で……」

　伊吹の涙が衣を濡らした。彼女の叫びが、蓮花の胸を突き刺す。

「そんなことは、ありませんよ」

　蓮花は彼女を抱きしめながら、ひっそりと唇を噛んだ。

　本当はいつか誰かが自分の担当の時に亡くなるのではないかと、気が気ではないのだ。

　蓮花はただ鬼が視えるだけで。他に何か起こってしまったら、きっとどうしようも出来ない。亡くなるだけではなく、もしかしたらいつか、赤子か母親か、命の選択をしなければならない時も来るのだ。

　彼女の言葉が蓮花を刺して痛い。でも今この役割を、小鞠や他の助産師に託すことは出来なかった。

蓮花は傍で見守っていた助産頭の方へと向いた。

「あの、少しご相談をしてもよろしいでしょうか」

蓮花は助産頭からの文を携えて、陰陽寮へと足を運んでいた。

彼女の気を静めるため、お祓いをしてもらいたいという依頼であった。

蓮花は溜め息を一つこぼす。

何となく今、彼に会うのは億劫だった。きっと見るからに沈んだ顔をしているだろう。

けれどそれ以上に伊吹のことが心配であった。

建物の前に着いた蓮花は、近くにいた陰陽生へと声をかけた。

「助産頭から、陰陽寮への依頼の文でございます」

陰陽生は手に取って確かめると、こちらへ来るよう告げた。

陰陽寮の外観は助産寮の建物とよく似た造りだが、人数も多く講義も活発に行われているため、全く異なる雰囲気だった。蓮花は建物の外側を通り、階を上って簀子のところまで案内された。

「講義中で手が空かぬゆえ、しばしお待ち下さい」

陰陽生も別件があるのであろう、そのまま下がって行き、蓮花は一人で待つこととなった。

今の時季はとても寒い。風がないのは幸いだが、それでも板を通して冷えが伝わって来る。

小さく震えながら講義が終わるのを待っていると、ましろは不意に首をきょろきょろとさせた。

「あ、あちらに晴明様が」

ましろは軽やかに跳ねて、簀子から下り立ち、そのまま蔵の方へと向かう。

「あ、お待ちになって」

どうしようか迷ったが、まだ待つことになりそうだし、何よりも寒いので少しでも暖をとるべく体を動かしたい。蓮花はましろを追いかけることにした。

するとちょうど蔵から書物を数冊抱えた晴明が出て来て、蓮花の姿を見て目を丸くした。

「何かあったのか……？」

初めは蓮花がいることに驚いたのかと思ったが、すぐにそうではないとわかった。

晴明は脇に書物を挟むと、柏手(かしわで)を一つ打った。それまでずっともやもやとしていたのに、柏手が鳴った瞬間、澄んだ空気が蓮花を取り巻いたように感じた。

「何か残滓のようなものをまとっていた。嫌な香りだった……」

昨日から感じていた重い空気が消え、蓮花は呼吸がしやすくなった気がした。

心当たりといえば一つしかない。

「実は昨日内裏にて……」

蓮花は更衣の周りに視えた鬼と、一人の奇妙な男性を見かけたことを話した。晴明の疑惑については言えなかったが、蓮花が晴明と何かしようとしていると看破されたことを伝えた。

晴明は眉間にしわを寄せた。

「内裏に術者でも入ったのだろうか。鬼を式のように扱っていたのか……」

「式ということは、ましろさんのようにですか？」

蓮花は一度しゃがむと、ましろを両手に乗せてまじまじと眺めた。

「そうだな……。式はましろのように、無生物から生み出すこともあれば、実際にいる生物を使うこともあるんだ」

実際の仕組みや術はもう少し複雑らしいのだが、晴明は大まかに説明した。

「清涼殿は重要な官人が多く集まるから、何か調べるには絶好の場所だ。ただ、堂々と鬼を飛ばしていたということは、蓮花殿のような鬼を視ることが出来る体質の者がいたというのは向こうも予想外だったんじゃないかな」

「どうして私と晴明様の繋がりに口を出してきたのでしょうか」

「ましろの霊力から俺を推測するのは、それなりに高度な技術が求められるが、出来ないわけじゃない。狙いがわからないけど、用心しておいて損はないな。場所が場所だ。陰陽博士を通じて、上に警戒するよう進言しておく」

「ありがとうございます」

蓮花は安堵した。男性の言葉そのものはまだ引っ掛かっているが、自分一人で抱えるには不審な点が多すぎたのだ。

「ようやく表情が和らいだな」

晴明は蓮花の顔を見て、薄く微笑んだ。

「立て続けに色々なことがあって、心が疲れてしまったみたいです」

蓮花は術者の話の他に、初めての女御との謁見で相手の身分などすっ飛ばして諫めてしまったことや、同期の助産師が落ち込んでおりそのお祓いの依頼のために陰陽寮に訪れたことを話した。

「それは大変だったな。君もお祓いがいるんじゃないか」

た。

蓮花は話していてふと、そういえば講義は終わったのだろうか、ということに思い至っ
「いえ、それならば先に彼女の方を……」

それと同時に、陰陽寮の方から聞き覚えのある男性の声が聞こえた。

「助産師殿ー！　どこに行ったんですかー」

どうやら講義は終わっていたようだ。蓮花は慌てて建物の方へ戻った。

簀子に出ていたのは、浅緑色の衣をまとった賀茂保憲であった。蓮花が姿を見せると、
人の好い笑みを浮かべた。

「蓮花殿だったんだな。この間は大変世話になったから、今度は俺が助ける番みたい
だ！」

はきはきした声音で、以前会った時とは比べものにならないくらい明るさが滲み出てい
る。どうやらこちらが、彼の本来の性格のようであった。

「席を外しており申し訳ありません。保憲様が引き受けて下さるということですか？」

「おう、任せてくれ」

保憲は手を当てて、昂然と胸を張る。

そして蓮花の手元にいるましろに目を向けた。

「お、なんか可愛い式がいるな。晴明が作ったのか？」

「はい、そうなのです」

蓮花は頷いた。陰陽師だからか、保憲もましろの姿が視えるようだ。

ましろは得意げに口元をにゅっと上げ、その様子に蓮花は心の中で「可愛い……」と呟いた。

「いいのか、陰陽博士は忙しいのでは？」

蓮花の後に付いていた晴明は、保憲に尋ねた。

陰陽師の中でも官位と役職がある。陰陽博士は陰陽師の中でも優秀な者が就く役職だと蓮花は認識していた。そういえば先程晴明の口から出た陰陽博士とは、彼のことだったのか。

「丁度手が空いたところだったんだ。で、晴明も一緒に行こう！」

保憲は晴明に当たり前のように声をかけた。いつもそうしている、という雰囲気だ。

「別に一人でも問題ないのでは」

怪訝な顔をする晴明に、保憲はしたり顔をする。

「だって弟子がいる方が、偉く見えるだろ？　それにほら、わざわざ蓮花殿も来てくれたし、ちゃんと仕事の出来る良いところを見せようじゃないか」

「俺は師匠の弟子であり、お前の弟子じゃないんだが……じゃあ、これを済ませたらな」

晴明は抱えていた書物に視線をやって、肩をすくめた。

「すみません、お仕事の途中にお引き留めしてしまって」

蓮花の言葉に、晴明は気にするなと首を振る。

そしてすぐに戻るからと建物内部へと入っていった。

「北の方様のお加減はいかがですか？」

蓮花は保憲に尋ねた。

「おかげさまで、あれからすっかり回復したよ。今は乳母君と共に小姫の世話や子育てを楽しそうにしている。そうだ、よければまたうちの小姫を見に来てくれないか？」

蓮花は目を輝かせた。

「ぜひ、伺いたいです」

単純に北の方が心配であったのと、赤子も見たいという気持ちもあったからだ。赤子はいつでも可愛いが、この時期しか見られない可愛さがある。

そして保憲は晴明の向かった方へ視線をやると、にやりと笑った。

「晴明も一緒に来てくれたら、絶対に面白い反応が見られるから理由を付けて呼んでおくな」

それは、いたずらを思いついた子どものような表情であった。

「晴明様と保憲様は仲がよろしいのですね」

「晴明は元服前に俺の父のもとに来たんだ。だから、本当の兄弟みたいだと思っている。実の弟は他にもいるんだけどな」

初めて聞く話に蓮花は瞬いた。

「小さい頃からご一緒だったんですか」

「そうそう。晴明って今でこそ多少落ち着いているけど、若い頃には、大内裏で俺や俺の父の悪口を言っているやつに突っかかっていこうとして、弟と二人がかりで止めたこともあったんだ」

「ええっ!? そんなことが……」

蓮花は驚いた。今の晴明からそんな血の気が多かった若者の頃を、想像出来なかった。でも確かに、陰口を言われていた蓮花をさりげなく人目につかないところへ連れて行ってくれた。そうやって誰かを守ろうと動いてくれる人だ。

「あまり人前で笑ったり愛想良くしたりしないから誤解されることも多いけど、繊細で優しい奴なんだよ」

蓮花は晴明の今までの言動を思い返す。

そして「ん?」と首を傾げた。

「……えっと私、何度か笑われたんですけど」

保憲は目を丸くした。

「ええっ、すごいな。だってこの間会ったばかりなんだろ?」

蓮花は渋い顔をした。自分の失態を常々見られているような気がする。

表情を見て、何かを悟ったのだろう。保憲は優しさからか、深くは聞かずに微笑む。

「まあ、そういうわけだから、少しでも優しくしてくれると、あいつも嬉しいと思うんだ」

蓮花は力強く頷いた。

術者の言っていた過去のことはわからないが、少なくとも自分や保憲から見た彼が好い人だというのは伝わっている。今の彼を信じよう、と蓮花は思った。

助産寮に設えた局の一つにてお祓いは行われた。

辺りは薄暗くなっており、人の気配は少なかった。

簀子にいた蓮花は、格子越しに局の様子を窺う。几帳の前で保憲は、厳かな声で祓詞を唱えていた。几帳の端からは伊吹の衣の裾が見えた。

先程彼女に言われた言葉を思い出し、蓮花はまた少し落ち込んだ。

「どうした、一体」

蓮花の僅かな表情の変化を読み取ったのか、晴明が尋ねた。お祓いの準備を手伝い、控えていたのだ。すぐに様子がわかるようにと、殿舎内にはまだ残っている助産師がいるので、男性である晴明は気を遣って、中に入るのを遠慮して簀子で待っていた。傍には火桶がある。簀子で待っているのは寒いであろう、と蓮花が用意をした物だ。傍ではましろが短い両手をかざしていた。

「大したことではないのです。ただ……」

蓮花は声を潜めて、伊吹に言われて胸につかえていたことを話した。多分、彼女に言われたことはきっかけにすぎなくて、蓮花の中でずっと心に引っ掛かっていたことでもあった。

「でも、そう言われた直後に、君は彼女のお祓いを依頼出来たんだな」

晴明の声には素直に驚いたような響きがあった。

「どうしてそれを……」

蓮花は瞬いた。確かに蓮花が言い出したことではあるが、文は助産頭からの依頼ということになっていたはずだ。

「ましろが教えてくれた」

火桶の傍にいたましろが、存在を主張するように耳を上げた。そのまま眠たくなったのか、軽くあくびをして晴明の膝の上に乗り、目を閉じて丸くなった。

「嫌なことを言われても、直後に相手のことを考えて依頼を出せるなんて、なかなか出来ない」

「同じ助産師ですもの。それに、彼女の苦しみは、きっといつか私の苦しみになる」

蓮花は目を伏せた。

「だって、私に神様などついていないですから」

蓮花は苦しげに告げた。それは今回だけでなく、本当は様々な屋敷(やしき)に赴いた時に言いたかったことだった。

「たまたま……たまたま助かった人が多かっただけで。本当はいつだって不安なんです。次のお産で危なくなったらどうしようって」

鬼は視(み)える。なるべく寄せ付けないようにはする。けれどそれだけだ。大量の出血や、赤子の状態によっては、何も出来なくなってしまうだろう。

毎回、無事に生まれてくれたことが本当に嬉しかった。けれど評判が上がれば上がるほど、蓮花は苦しくなっていった。次に何か起こったら、と怖れる気持ちが強くなっていったのだ。

「女御（にょうご）様の出産に晴明様の助けを依頼したのだって、私が臆病だからです。少しでも万全の備えでいたくて……」

蓮花は冷えて白くなった手を握りしめた。

「でも、不安からだけではなく本当に誰一人お産で死んでほしくない、と思っているのも本心なんです。母子揃（そろ）って健やかな出産であってほしいっていつも願っていて……」

「蓮花殿」

晴明に名前を呼ばれ、蓮花は我に返った。

「ごめんなさい……」

蓮花は自身の胸を押さえた。鼓動がいつもより速い。手が震えるのは、けして寒さのせいなんかではない。

晴明は蓮花の手に触れると、そのまま手を火桶の熱が感じられるところに引き寄せた。

「冷えると気や血のめぐりが悪くなり、不安や嫌な考えが浮かびやすくなる。少しでも温めた方がいい」

冷えていた指先がじんわりと温まってきて、蓮花は一つ息をついた。

「何故、助産師になったか聞いてもいいか？」

晴明は控えめに尋ねた。

蓮花は過去の記憶をたぐった。

「私は、姉をお産で亡くしています。難産で、姉も生まれてきた子も、助かりませんでした」

蓮花は瞳を閉じた。今でもあの時の光景は忘れられない。

親族の者と共に、蓮花は言われるがまま姉のお産を手伝っていた。

鬼や魔を近寄らせないために米を撒き、汗を拭い、姉を励ました。

けれど、苦痛に満ちた姉は辛そうだった。

つい数日前まで、早く赤様が生まれてくるといいね、と腹部を撫でる蓮花に、姉は幸せそうに微笑んでいたのに。

出産がこんなに苦しいなんて知らなくて、蓮花は怖くて震えていた。

痛い、と泣く姉に誰かが叱咤する。これに耐えなければ母にはなれませぬ、と。

その時の声が、姉の辛そうな表情が、今でも忘れられない。

汗で額や首筋にはりついた髪。はだけた単衣から覗く肌。

赤く染まる敷布。血と粘膜の混じった深く重い香り。

他の者は皆、姉の介抱やそれぞれの仕事に必死で、誰も蓮花を見ていなかった。

そして、苦しみの果てに、産まれた子は泣くことがなく、姉もそのまま亡くなった。

皆がすすり泣く中、最後に見た姉はとても穏やかな表情だったことを覚えている。

回想の淵（ふち）にいた蓮花は、頬に冷たいものがかかったことに気付いて顔を上げた。暗い空に、いつの間にか白い雪がちらちらと降っている。どうりで、こんなに冷えるわけだ。

「何も出来なかった自分が悔しくてこの道を目指しました。けれど、死と隣り合わせのこの仕事はこなせばこなすほど、怖い気持ちは増します」

蓮花はうつむいた。きっと心の中に、今でも姉を亡くした時の蓮花がいるのだ。

「……でも頑張りたかったんです。何も出来ない自分が嫌だったから」

ふつりと沈黙が落ちた。

火桶の炭が、微（かす）かに崩れる音がした。内側の赤々と熱を宿す箇所がむき出しになる。

晴明は袖の中に手を入れて、静かにそれを聞いていた。やがてぽつりと呟（つぶや）く。

「……怖いって思えることは大事だ。それだけ人の命を尊く思っているのだから」

蓮花は視線を滑らせて晴明を見る。

「晴明様？」

晴明はどこか遠くを見ているような目をしていた。けれど瞬き一つでその表情は消え、蓮花の方へ眼差しを向ける。

「姉君を亡くした時に、神仏に頼らず恨まず、自分の力で助ける人を目指そうと思えたのは本当にすごいことなんだ。助産師になるのも、大変だっただろ」

「正直、大変でした。かな文字の教本がないから、医師の方から教わるのは全部口頭で、試験も厳しかったですし、先輩に付いていった現場で何も出来なくて情けなくて泣いたこともありました」

晴明は穏やかに言う。

「君は自分の出来ることを精一杯している。初めて会った時だって、鬼がいるから、と助けを呼べただろう。普通なら躊躇うような提案をされても、迷いなく俺に体を預けてくれただろう。これまでの幸運や祝福は、偶然じゃなくて、そういう判断が出来るからだ。それが君の評判に繋がっているのは間違いない。運だけじゃなくて、実力があるからだ」

彼の言葉に、蓮花の目が潤んだ。堪えようと思ったけれど、目頭が熱くなり、大粒の涙が零れ落ちる。

「うっ……」

込み上げるものを抑えることが出来なかった。口元を押さえて、うつむく。

肩が震え、膝に落ちた涙が衣に吸い込まれていった。

「ありがとうございます……」

お祓いの声が止み、蓮花は視線をめぐらせた。

泣いて赤くなった顔を見られないよう、少しだけ後ろを向く。

格子の障子には保憲の影が映っており、何か言葉をかけているのが微かに聞こえてきた。

きっと伊吹も今の自分とよく似たことを言われているのだろう。

そして保憲が晴明を連れてきた理由に気付いた。

もしかしたら、蓮花の疲労している様子を見て、晴明が必要だと感じたのかもしれない。

晴明も何も言わずともそれに気付いたのだ。

蓮花は落ち着くよう一度深く呼吸をすると、濡れた目を袂で押さえて再び元の姿勢に戻った。

雪はまだちらついており、助産寮から洩れる明かりと相まって幻想的な光景だった。

「晴明様は、心に寄り添うのがとても上手ですね」

蓮花の言葉に、晴明はどうだろう、と首を傾げた。

「もしそう感じるのなら、それはきっと、保憲や師匠のせいだな。あの人たちはすぐに人の心の傍にやって来る。でも、嫌がるところには踏み込まない。そして俺自身も気付かなかったことを教えてくれる」

晴明はそう言って淡く微笑む。

「本物の陰陽師は、そういうのなんだろうなって思っている。心を穏やかにするのも陰陽師の務めなんだろうな」

「じゃあきっと晴明様も、そういう陰陽師になれますよ。私はそう思います」

その言葉に、晴明の瞳は一瞬揺れた。そして切なく目を細める。何故か見ていて悲しくなるような、胸が締め付けられるような表情だった。

晴明は薄い唇を開いた。

「……君にも一つ、まじないを教えよう。難産を防ぐおまじないだ」

先程の蓮花の言葉をはぐらかすような、あえて話題を変えたような物言いだった。

けれど、指摘するのも憚られたし、何より難産を防ぐおまじないという響きに蓮花の心は動かされた。

「ぜひ、知りたいです」

「キリトラバセラバセキリトラカサカ」

晴明が厳かに唱える。

「元は快癒のまじないで、体の調子を整え、生命力を上げて難産を防ぐんだ。何かに書きつけようか」

「いえ、口頭で言われたことを覚えるのは、慣れているので」

蓮花はおまじないを心の中で唱える。大丈夫、覚えられた。

「これを、心を込めて唱えれば、きっと効果がある」

晴明は穏やかな声で告げた。

僅かな時間に不安を拭い去ってくれる。陰陽師は心を支える仕事なのだと蓮花は実感した。

ありがたく感じるのと同時に、憧憬のような、胸を焦がすほどの羨ましさが込み上げた。

蓮花もそういう存在になりたいと強く思ったのだ。


飛香舎の母屋で、蓮花は一対一で女御と向かい合っていた。

前回のことがあって以来の参内（さんだい）なので、緊張している。

厳密にいえば傍（そば）には命婦もいるし、几帳（きちょう）のすぐ後ろに女房が控えているため、完全に一対一ではないのだが、少なくとも女房を通さずに話すことを許された。

女御の面持ちは硬い。扇を投げつけようとする失態を晒（さら）してしまったのだ。当然といえば当然だろう。

だが、蓮花はそれに触れず、代わりに前回の参内で直々に尋ねられたことへの返答を告げた。

「前に仰られた痛みの少ないお産ですが、結論から申し上げれば痛みのない出産はございません。もし感じないのならばそれは血や気のめぐりが悪く、母体の状態が危険な状態であると思われます」

蓮花は正直に伝える。

「ですが痛みを軽減することは不可能ではありません。拙いながら、私もお力添えをさせて頂きます」

「そのようなことが、出来るのか……?」

女御は意外だと言わんばかりの語調であった。

「呼吸をして全身の筋力を弛緩させるのです。ですがお産の痛みの中、初めてそれを行うのは難しいことでございますので、出産まで共に練習をして参りましょう」

そして蓮花は気分が安らぐ香や、出産時の痛みを軽減するツボがあることを伝えた。

「出産前の不安が大きくなってご気分が不安定になってしまうのは、自然なことでございます。そのような状況を多く見て参りました」

出産の前後に異様に気分が高揚したり、痛みや不安のあまり泣いてしまったり、周囲に当たったりすることもやはり起こる。

「けれど人の心はけして縛ることは出来ません。どのような身分の方であっても」

かたん、と音が鳴った。見ると、女御の手から扇が滑り落ちていた。先日、更衣に投げつけようとした上質な衵扇が。

蓮花は軽く目を伏せた。きっとこの方は、この飛香舎の建物内、そして内裏や入内した姫君の中でもとりわけ自由な心を持っている。女房に任せず自らの言葉で話し、御簾を押し上げて相手の顔を見ようとするのはその証だ。しかし一方で女御として相応しい振る舞いをするよう、自分の心を制御するよう言われてきたのだろう。

「でも、寄り添うことは出来るのです。だから私は、生まれる子が若宮様でも姫宮様でも、たとえ痛みはあれど、心安らかに迎えられる、そんなお産の助けが出来るよう、力を尽くします」

「それを聞いて安心したぞ、蓮花」

その言葉と共に、気付けば蓮花は女御の香りに包まれていた。

女御に抱きしめられていたのだ。伽羅の混じった香がふわりと強くなる。

「えっ……」

あまりにも自然に抱きしめられ、蓮花は硬直する。

「にょ、にょ、女御様……!?」

心に沿った振る舞いに、蓮花は動揺する。

確かに心は縛れないとは言ったが、この事態は完全に予想外だった。彼女にはいつも驚かされる。

全力疾走する鼓動を抑えながら、慌てて周囲の様子を確認した。自分の身よりも、女御が周りからたしなめられないか心配したからだ。

傍にいる命婦は、仕方のないことを、と少し呆れた風情を見せているものの必要以上に騒ぎ立てる様子はなかった。几帳の奥の女房らは、気付いているのかいないのか、今は出て来る気配はない。

「安子、だ」

少し低めの色っぽい声が、蓮花の耳に囁く。

「え……」

「私の名だ。そなたに教えよう。先日の詫びと礼だ。言葉では何を言っても形式的なものにしかならないからな」

安子は体を少し離して、蓮花の顎をつまんで顔を上に向けさせた。

「その代わり、最後まで私に付き添うこと。良いな」

ここで蓮花は間近で彼女のかんばせを見た。

黒目がちの瞳は輝きを放っており、安子は大輪の花のように微笑んだ。

顔の熱が上がったように感じた。

「あっ……あっ……あの……」

動揺しすぎて言葉が出てこない蓮花に、面白いものを見るように安子は目を細める。

「ふふ、赤くなっておる。可愛いなあ」

「か、可愛らしいのは」

女御様の方では、と言いかけたが聞き咎められる可能性もあるので、口の形だけで音にはしなかった。

だが、彼女はそれを読み取ったようで笑みを深くした。

「娘が来てくれると抱きしめてしまうから、そのくせが出てしまったようだ。そういうことにしておいてくれ」

そう言って、安子は蓮花から離れた。元の座っていた位置に戻る。

蓮花は呼吸を整えながら、思考を何とかめぐらせた。

「昨年お生まれになった第一皇女である、姫宮様ですね」

安子は深く頷いた。

「先の出産の折も、痛みのあまりみっともない振る舞いを見せてしまった。落ち着かせようと口うるさい者はさらに口うるさくなるし……とにかく迷惑をかけ通しだった」

蓮花は何となく想像がついた。心を安定させるのはとても難しい。ましてやお産の時はなおさらだ。

相談された時に、もっと彼女の心のうちを聞けば良かった、と蓮花は後悔した。残念ながら痛みのないお産はない、と決めつけていた自分の未熟さを、蓮花は心の底から反省した。

寄り添う、と告げることは簡単だが、実際に心を支えるのにはどうしたらよいのか、彼女の行動や言葉と共に考えていかなければならないのだ。

「あ」

安子は急に声をあげたかと思うと、腹部に手を当てた。

「今、動いた気がする。動いたぞ、蓮花」

生き生きとした表情で蓮花を見る。姫宮の妊娠時の経験から、すぐに胎動だとわかったのだろう。その表情は他の母親と変わらなくて、蓮花は心から微笑ましく思った。

「きっと、赤様も安心なされたのですね」

蓮花は手をついて微笑んだ。

「必ず、出産の最後まで付き添うとお約束致します。だからどうか、私を信じて御心を預けて下さりませ」

◇

陰陽寮(おんみょうりょう)の一角。晴明は占術用の式盤を前に、渋い表情で顎に手を当てた。

講義中のため、周囲に人はおらず、彼に声をかける者はいない。

「内裏に侵入した術者と鬼……嫌な予感がするな」

晴明は個人だけでなく国の吉凶を判断する資料にも手を伸ばした。そしてそれを読み解いていく。と、彼は目を見張った。

「蓮花殿の命運が、これからのこの国の命運に関わってくる、ということか――?」

第三章　謎の術者

年が明け、春の宮中の行事も一段落した頃。

賀茂邸を訪れた蓮花は、日差しの心地好い簀子に座って、保憲の小姫を抱かせてもらっていた。

腕に抱いた小姫のつぶらな瞳がこちらを向く。産着にくるまれた赤子はそろそろ首がすわる頃だろうか。

「愛らしい……」

片腕で彼女を抱きつつ、反対の手の指を伸ばして近付けると、ふに、と小さな手の平で摑まれた。あまりの可愛さに、蓮花は頬が緩んだ。

傍にいた保憲は目じりを下げて破顔する。

「可愛いだろう？　本当に可愛いだろう？　この子が大きくなって誰かの嫁になることを考えたらもう辛いんだ……！」

保憲はそう言って大きな手の平で顔を覆った。階に座っていた晴明は思わず口に出した。

「いや、気が早すぎるだろ！」

娘を慈しむ父親は、総じて皆よく似た言動をするのだ。蓮花は微笑ましく思いながら、赤子を愛でた。

「生まれたてはあんなに小さいのに……成長されているのを見ると、本当に感動致しますね……」

助産師も仕事の一環として産後の様子を見に行くことがある。

産後の肥立ちが悪く、体力が思うように回復しない者、身寄りや頼る者が少なく困っている者などが主だ。特に初めて出産する者は、家人がいたとしても必ず訪問するようにしているのだ。そして産まれた子が育っているか、何か困っていることはないか、ということも気にかける。

早めの異変の発見が、場合によっては典薬寮や陰陽寮の者への依頼へ繋がり、結果的に母親や赤子が助かることに結び付くのだ。

小姫がほにゃほにゃと笑みを浮かべているのを見て、保憲は感心したように頷いた。

「さすが、助産師殿がわかるのかなあ。俺が抱くと泣いてしまうことが多いんだけど、女の人にはすぐ懐くんだよなあ」

「これぐらいの子は、お世話をして下さる方の顔や様子を覚えてくるんです。母君や乳母君に似た人は安心感を覚えるみたいで」

「なるほど！　じゃあ、俺のことを嫌っているわけじゃないんだよな？　良かったあ」

心から安心したように、保憲は言った。そして晴明に声をかけた。

「お前ももっと近くに来い」

「俺はいいよ。きっと怖がられると思うからな」

蓮花は保憲に小姫を預けると、御簾の向こうで見守っている保憲の妻の傍へと向かった。

久しぶりに見る保憲の妻は、すっかり体も回復したようで、産後で育児にも忙しい頃であるだろうに、身綺麗にして蓮花を温かく迎え入れた。

「お加減の方はいかがですか」

蓮花が尋ねると、北の方はにっこりと微笑んだ。朗らかで若々しく見えるが、こう見えて年は蓮花より十は上のはずだ。

「おかげ様で私の方はすっかり。ただ……」

「ただ？」

彼女は頬に手を当てて、首を傾げた。

「小姫がね、上三人の子と比べて、体が小さいように思えて心配しているの。女の子だから仕方がないかもしれないけれど、乳も飲む量が少ないらしくて。私が丈夫に産んであげられなかったからかしら……」

　蓮花は小姫を腕に抱いた感覚を思い出した。確かに体は軽い方かもしれない。まだ小さくて、手足の動きも活発な方ではなさそうだ。だが、蓮花は一つ頷いた。

「大丈夫ですよ。このぐらいの時期でも、同じように小さな子はいます。ゆっくりですが、その子なりに成長しているので、焦らなくてもよいと思います」

　初めて抱いた時より、着実に大きく成長しているし首もすわりかけている。追視したり、伸ばした指を握ったりも出来ている。経過で見ていくと、問題のない範囲であろう。

「もし飲んだ乳を吐いてしまったり、急に栄養を摂取する量が減ってしまったり、おかしいなと感じる様子がございましたら、また典薬寮宛でも私個人宛でも良いので文などで教えて下さい」

　すると、彼女は手を合わせて微笑んだ。

「ああ、良かった。やっぱり何人育てても、わからないことはあるわね」

「お一人お一人、成長は違いますからね。もっとも私自身は、産み育てたことがないので、母君や乳母君としてお育てされている方のことを、本当に尊敬致します」

　不安にさせてはいけないため、普段はあまり出産や育てた経験のないことは言わないようにしているのだが、保憲の妻は安心感があって蓮花自身のことまで話せてしまった。

「ありがとう。でも私は、こう育てたからこうした方がいい、と言われるよりも、この子は大丈夫ですって言われて安心出来る方の方がいいわ。蓮花さんは、良い助産師さんよ」

彼女にそう言われて、蓮花は嬉しさのあまり胸がじんと熱くなった。

「ありがとう、ございます……」

「ふふ、そうやってお仕事されているの、本当に尊敬するわ。並大抵の努力では出来ないもの」

蓮花は世間からすると完全なる行き遅れであり、子を産んで家を支えるという女性の役割から外れている。いくら父が許してくれているとはいえ、やはり申し訳ないという負い目は心のどこかにある。だから第三者からそう言って自分の生き方を認めてもらえるのは、蓮花にとって特別なことであった。

「晴明殿もね、結婚されていないんですって」

「そうなのですか？」

蓮花は瞬いた。そういえば、晴明のそのあたりの事情を、蓮花は一切聞いたことがない。

「ええ。それぞれに考えがあるのね、きっと。私ももっと若い時に、色々な選択肢があると知りたかったと思う時があるわ」

その上で、やっぱり今の道を選んでいたかしら、と彼女は簀子の方へ目をやって微笑む。

その降り注ぐような眼差しで、彼女がいかに夫である保憲や子どもたちを大切に想っているのかが伝わって来た。

目をやると、保憲が晴明に小姫を預けようとしていた。

「晴明、特別だ。そら、抱いてやってくれ」

保憲に小姫を預けられ、晴明はまごつく。

「え、あ、ちょっと待ってくれ！」

晴明が困っている姿に、蓮花は助けが必要かと、御簾を出てそちらの方へと歩みを進めた。

「赤様を抱くのは、初めてですか？」

晴明の代わりに保憲が返答した。

「いや、赤子が生まれた時の恒例行事だ。毎回反応が新鮮で面白いんだよなあ」

あれほど大事に思っている娘を晴明に預けられる保憲の行動には、彼への信頼が見てとれた。

一方小姫を腕に抱くことになってしまった晴明は、一瞬でも力を込めたら壊れてしまうのではないか、というような緊張した面持ちをしていた。小姫はもぞもぞとしたが、意外に泣くことはなく、きょとんとした顔で初めて見る晴明の顔を眺めていた。

「あれ、泣かないな。もしかして、綺麗な顔が好きなのか」

保憲が小姫の反応に首を傾げて呟いた。

するとそこに、突き抜けるような元気な童子の声が響いた。

「晴明——っ！　これって晴明の式!?」

元服前と思われる童装束姿の少年が庭からこちらへ駆けて来た。後頭部で結った髪が動きに合わせて勢いよく跳ねている。

見るとその手には、先程から庭にいたましろが鷲掴みにされていた。

「晴明様あ！　この子、保憲様のお力を継いでいるから私のことが視えるみたいなんです！」

逃げようにも逃げられず、ましろが半泣きになって訴える。

さらにその奥に、それぞれ三つ違いほどの年齢の幼子が二人、追いかけるように走って来る。どちらも男の子で、どうやら保憲の息子たちのようだ。

「兄上ばかりずるい！　俺も晴明と遊ぶんだ！」

「俺も俺も！　晴明、膝にのせて！」

晴明は悲鳴をあげた。

「待て！　今は本当にダメだ！　小姫がいるんだ！　お前たちの妹だぞ!?」

晴明の慌てる様子が珍しく、それがおかしくて、蓮花は口元に笑みを浮かべた。

あっという間にわらわらと囲まれてしまっている姿を見て、保憲は腕まくりをして前へと進み出た。

「ようし、じゃあ父が遊んでやろう」

すると保憲の子らは不満の声をあげた。

「えー、父上はいつも遊んでいるから」

「今日は晴明が良い」

「じゃあね」

すると保憲は絶望の声をあげた。

「そんなあ……！　父を見捨てるなあ！」

そう言って保憲が追いかけると、声をあげながら子どもたちは走り回った。

「賑やかですねえ……」

蓮花は呆気にとられたようにその光景を眺める。

「ここは、いつもこんな感じだ。ちなみに保憲自身も四兄弟の一番上だから、昔っから振る舞いは変わらん」

「じゃあ、あの時は特別静かだったんですね」

蓮花は初めて賀茂邸に訪れた時のことを思い出して呟いた。赤子の泣き声だけが聞こえており、他の子どもたちがいたことにも気が付かなかった。母の体調が悪く、妹も産まれたばかりであるため、子どもたちは気を遣っていたのだろう。もしかしたら祖父母の方に預けられていたのかもしれない。子どもたちの笑い声が戻って良かったと、蓮花は心の底から思った。

小姫が少しぐずり出したため、頃合いを見て進み出た乳母に預け、晴明はようやく息をついた。蓮花は微笑ましく思いながら、階(きざはし)に並んで座った。

庭でましろも含めて遊ぶ保憲と子どもたちを眺めながら、蓮花は尋ねた。

「晴明様も入って来られたらいかがですか？　あんなにねだられていましたから、きっと喜ばれますよ」

晴明は肩をすくめた。

「別にいいよ。……俺は弟子であって、家族じゃない」

「でも保憲様は……」

本当の兄弟みたいだと思っている、と保憲が言っていたことを思い出した。

でなければ、あれほど大事にしている小姫を晴明に抱かせるわけがない。

晴明にとっては、そうではないのだろうか。

保憲の妻が助かった時、晴明は保憲やその家族が苦しむ姿は見たくないと口にしていた。一方で彼らに対して、助かったのは蓮花の手柄で、自分は何もしていないと言わんばかりの口調であった。心と裏腹に、晴明の彼らへの距離感が不釣り合いなような気がした。

晴明の彼らを眺める横顔が寂しげに見えて、蓮花は胸が少し痛くなった。


「どうしたのだ、蓮花。何か悩み事か？」

胎児の様子や体の状態を確認し、出産の呼吸の練習を終えた蓮花は、安子に尋ねられた。本日の彼女は、桜の襲の小袿姿である。重ねた衣の上からでも、腹部の膨らみは目立つようになってきている。

このまま順調にいけばふた月後の、夏の半ばには生まれるという見立てであった。

安子は既に出産のために内裏を下がり、現在は五条の屋敷にいる。五条邸は彼女の父である右大臣師輔の所持している屋敷の一つで、蓮花が今まで訪れたどの屋敷よりも広々とした建物と敷地を有していた。飛香舎と赴きは異なるが、こちらの殿舎も造りといい内装といい、職人のこだわりが感じられるものばかりで大層立派であった。

「いえ、けしてそのようなことは……！」

蓮花は驚いて否定した。確かに晴明のことは気がかりだったが、仕事中は表情や言動に一切出しているつもりはなかったので、指摘されたことに大層驚いた。

「これでも毎日女房らの顔を見ているからな。僅かな変化がわかるのだ」

ははあ、と安子は衵扇（あこめおうぎ）で口元を隠しながら、にやりと笑った。

「さては恋の悩みだな？」

「ま、まさか！」

蓮花は慌てて首を横に振る。すると安子は拗（す）ねたように眉根を寄せた。

「何だ、違うのか。だが少なくとも、異性に関する悩みと見た」

彼女の慧眼（けいがん）に蓮花は内心とても動揺した。どうしようか少し迷った後、正直に白状した。

「実は、お世話になった方の様子が少し気になりまして」

すると安子は命婦にそっと目配せする。命婦は心得た、と言わんばかりに下がっていった。

命婦まで席を外すことは滅多にないので、蓮花はうろたえた。これでは安子と正真正銘の二人きりではないか。

「ほお、して。どのような様子なのだ？」

脇息（きょうそく）にもたれつつも俄然（がぜん）乗り気になった安子に、蓮花は女御（にょうご）という雲の上の立場の者相手に本当によいのだろうか、と少し悩む。身分という枠は心寄り添う上で妨げになってはならないが、それはそれとして女御と助産師としての節度は必要だ。けれどここで話を打ち切るのも失礼に思ったので、口を開いた。

「その方は独り身なのだそうですが……ご兄弟同然の方がいらっしゃいまして。お互い心配し合えるほどの仲なのに、ご自身はその温かさを受け取ってはいけない、と少し距離をとっていらっしゃるみたいでした。そのお姿を見て、寂しいように感じてしまって……」

あまりにも内容が抽象的なのだが、蓮花が知っていることなどほとんどないためわかる範囲でしか話せない。他人の私事を勝手に喋るわけにもいかないので、畢竟言えることは限られてくる。

だが、安子も心得ているのか根掘り葉掘り聞かずに、雅に頷いている。

「蓮花に対しては、どういう態度なのだ？」

「丁寧に優しく接して下さります。……少々笑われますけど」

安子は口元に笑みを浮かべる。

「なるほど……蓮花はその者が心配なのだな」

「そうなのです」

心配、という言葉がしっくりきて、蓮花は強く頷いた。

安子は何やら、ふむふむ、としたり顔で頷くと、衵扇で蓮花の胸を指した。

「では、そなたがそこに近付いてみてはどうだ?」

蓮花は瞬いた。

「お近付きになる、ですか」

「案外、家族や兄弟の方が言いにくいこと、遠慮することもあるだろう。そこはほれ、世話になった礼だとか何とか言って、特権を使えばよい」

確かに助産師の仕事をしていても、身内には言いづらいことがあるが、助産師にはこっそり教えてくれる、ということは幾度もあった。

「私が、力になれるでしょうか……」

安子は目を細めた。

「なれるさ。蓮花にはそういう力がある」

自分のことのように断言する、とても頼もしく感じる声音だった。

「どこの者かは知らぬが、このように心配させて、私から一言申してやりたいぐらいだ」

「と、とんでもないです!」

蓮花は腰を浮かしかけ、冗談だ、と安子に笑われた。

浮かしかけた腰を下ろすと、蓮花は視線を手元に落とす。

「私がその方にかけてもらえた言葉が嬉しかったので、きっと……その方も同じぐらい、幸せや温かさを受け取れるようにと、望んでしまっているのかもしれません」

考えてみれば晴明とは、彼女のお産までの限定的な繋がりだ。蓮花が一方的にお願いをして、巻き込んでしまっただけの関係である。

安子は麗しい美貌に柔らかい表情を滲ませると、庭の方へと目を向けた。

上側の格子が上げられ、優しい春の日差しが射し込んでいた。

「そうやって、相手の幸せだけを願えたら、どれだけ良いだろうな……」

安子は眩しげに目を細めて、少しずつ大きくなっている腹を撫でる。

「日の光は暖かくて好きなのだが、時にその暖かさは疎ましい。皆に平等に降り注いでおるのだからな」

ぽつりと安子はそう呟いた。彼女が誰を想っているのか、何を愁いているのか、蓮花には手にとるように伝わって来た。

その後、女房が幾人か現れたため、本日はこれにて退室することとなった。

見送りは手間を取らせては申し訳ないから、と丁重に辞退し、蓮花は一人で簀子に赴いた。整えられた広々とした庭からは、どこからか梅の甘やかな香りが漂っていた。

「ましろさーん」

簀子か建物の外で待っているであろうましろを探して、蓮花は呼びかけた。

辺りを見回しながら渡殿を渡っていると、何やら中央の殿舎が妙に騒がしいことに気が付いた。

高欄に手を置いて様子を窺うと、簀子にて従者らしき者と話す命婦の姿が見えた。

「あ、蓮花さん。終わられていたんですね。おかえりなさい」

ましろが蓮花の傍に現れたが、蓮花はそっと口元に指を立てて静かにしてもらうよう合図をした。

「では……内裏から、かの屋敷に勅使が参ったと」

「はい。あのご様子から間違いはないかと……」

「ああ、これが女御様のお耳に入ったら……」

普段冷静な命婦がよろめきそうな様子で、口元を袖で覆っている。

内裏からの勅使。蓮花は小さく呟いた。

「もしや……」

それから数日後。

中納言である藤原元方の娘が第一皇子を出産した報せは、都中に知れ渡った。今上帝にとって初の男児であったため、本当にめでたいことよ、と宮中では大騒ぎであった。

このまま彼女の産んだ皇子が東宮として立太子されるのか、宮中や大内裏の噂はもっぱらその件で持ちきりだった。

助産寮の文机を前に、蓮花は複雑な面持ちをしていた。

「蓮花さん、浮かない顔をされて大丈夫ですか？」

ましろが文机に乗って、心配そうに尋ねる。蓮花は眉を少し下げると、頬杖をついた。

「私は大丈夫。ただ、女御様のお気持ちを考えると、やはり思うところがあって」

第一皇子生誕の報せは彼女の耳にも既に入っているだろう。

晴明のことも気がかりであるが、今はそれ以上に安子のことが心配であった。

「伺ったばかりだから、本来なら次にお会いするのはもう少し先なのだけれど……」

正月の折に、蓮花は右大臣と顔を合わせる機会があった。彼が四条御息所のもとを訪れ、蓮花がどのような助産師なのか是非会ってみたいと希望したのだ。

御簾越しの対面であったものの、その際右大臣に「必ずや若宮様を取り上げるのだぞ」

という無茶な念押しをされてしまった。

あれだけでも蓮花にとっては嫌な圧を感じたのに、今の彼女の重圧はいかばかりか。

「ご加減だけでも窺って参ろうかしら」

まずは先触れの文を出そうと、蓮花は料紙の準備をするべく立ち上がった。方位占を行って、訪れても良いか吉凶も確認しなければ。

蓮花は記録や備品が保管されている塗籠(ぬりごめ)へと向かった。

助産寮の内部には塗籠という壁に囲まれた部屋がある。枢戸(くるるど)という扉を通って出入りするその部屋の中には書棚があり、これまでの助産師らが担当したお産の記帳が保管されていた。中には担当した助産師個人へのお礼の文も保管されている。

料紙を手に取って戻ろうとしたところ。

「ちょっといい？」

安子とはまた違う、低めの落ち着いた声音で声をかけられた。振り返ると、久々に見かける顔があった。

黄朽葉(きくちば)色の衣をまとった細面の女性であった。

「秋葉(あきは)さん!? 戻られていたのですか！」

更衣(こうい)の出産に付いていた秋葉であった。彼女は大役を終えた後だというのに、平素と変わらぬ様子であった。彼女の落ち着きぶりは堂に入ったもので、たとえ死産の時でも取り乱したことはないという。淡々とした言葉遣いで、時には厳しいことも言うのだが、助言が的確であるため彼女に感謝する者は大変多い。

蓮花は首を傾げた。

「あれ、秋葉さんってまだ物忌み期間のはずでは……」

すると何てことはない、と秋葉は肩をすくめた。

「時間がもったいないし、向こうにいた陰陽師に祈禱と御符で短縮してもらった」

「さすがです……」

お産は穢れに触れるので、通常七日間の物忌みが必要なのであるが、特別な御符を常備したり、陰陽師らに問題なしと判断されたりすれば、期間の短縮は可能なのである。もっとも陰陽師を呼ぶなど手間もかかるため、こればかりは場合によりけりだ。助産師の人員がもう少しいれば、余裕のある調整も可能なのだが。

「更衣様への扇の件、止めてくれたことの礼を言ってなかったから、今言っておくわ」

「あ、お気付きでしたか！」

蓮花は驚いた。

「何か飛んできたら庇うつもりでいたから。蓮花の声で未遂だってすぐに気付いたけど」

「恐れ入ります」

あの時のひと悶着を思い出し、蓮花は恐縮した。

秋葉は腕を組んで尋ねた。

「そういえば伊吹、どうした？」

「実は……」

蓮花は事情を説明した。

あれ以来、彼女は妹弟子の指導や記録の管理を引き受けている。お産に直接携わってはいないようだ。それはそれで大事な仕事なのだが、心の傷が癒えるには、まだ時間が要るのだろう。

ふうん、と秋葉は相変わらず表情一つ変えず、梁を見上げる。

蓮花は躊躇いがちに尋ねた。

「秋葉さんは……お産で辛かったり、怖かったりするお気持ちはありますか」

「あるよ。何回経験しても慣れない」

秋葉はまるで今の空模様を聞かれたかのように、さらりと答えた。

「それでも母親に出会わせてあげるのが私たちの役目だから。たとえ出産中にどちらかが力尽きたとしても、ちゃんと頑張って生きようとしていたことを、家族や支えてくれた人に伝えてあげたいと思ってる。他にそう言ってあげられる人、いないでしょ。伝えてあげる人がいないと、せっかく頑張ったのを知ってもらえないのは可哀想だから」

その言葉は秋葉の経験した分の重みを伴っていて、蓮花の深いところに沁み渡った。

「助産師は生かすだけではない、どうにもしてあげられない時も、心から支える仕事なのですね……」

こればかりは周囲が励ましても意味はないから、待つしかないのだと。秋葉はそう言い残すと、塗籠から去って行った。

蓮花は書棚に並べられた記帳や文を眺める。

そして文机に戻ると、なるべく早く女御のもとへ伺いたい旨の文をしたためた。

翌日。五条邸の寝殿の廂で待っていた蓮花のもとに、衣擦れがしたかと思うと女房が現れた。

「女御様は気持ちが休まらないようで、お会いしたくないとのことです」

「そうですか……」

蓮花は眉を下げた。

一旦は文で了承を得られたため、足を運んだのだが、やはりというべきか。

「此度の件、やはり思い悩んでいるようで……このままではお腹の御子様にも障りが出ます」

女房は沈痛な面持ちで伝える。

「几帳越しでも良いので、お声をおかけしてもよろしいでしょうか」

会いたくない、と言っているのに無理な願いであるという自覚はあったが、それでも女御を心配する気持ちが伝わったのだろう。

一度女房が下がり、再び現れると、彼女の過ごす対屋へと案内された。

対屋は風通しが良いように格子が上げられていた。

室内には香が焚かれており、すっと胸に沁み渡る清々しい香りだった。女房曰く、気持ちを安らげる効能のものを選んだという。

美しい屏風と几帳が並んでおり、合間から安子の衣と思われる上質で色鮮やかな布地が見えた。傍に命婦が付き添っているのが見える。

蓮花は女房に用意された円座に座ると、几帳の奥にいるであろう安子に一礼をした。

「女御様。助産師の蓮花殿が来られました」

命婦が女御に告げる。初めの頃は助産師殿であったのに、彼女もまた、いつの間にか名前で呼んでくれるようになっていた。

「本日は、元の予定にない訪問だったな」

几帳の裏から出ようとする様子は見られなかった。いつもより覇気のない声音だ。

「女御様のご加減が心配だったもので」

「内裏から吉報があったからか？」

とげとげしさが言葉の端に滲んでいる。蓮花は瞬き一つせず、彼女の声を聞く。そして思った。ああ、やはり声だけではもどかしい。その声の裏にある感情が痛いぐらい滲んでいるのに。

「女御様……」

「今日はもうよい。帰れ」

抑えた声音であった。けれど泣くのを堪えているような声でもあり、当たり散らしたいのを我慢しているのが伝わって来た。

「……わかりました。ではただ一つ。御手に触れてもよろしいでしょうか」

「手？」

「はい。几帳越しでかまいません」

返答はない。だが、渋々といった風情で、安子の白い手が几帳の布の間から見えた。

断りを入れて、蓮花は近付くと安子の手に触れた。白魚のような美しい手だ。

手首の脈がいつもより早い。

蓮花は両の手で包み込むように握った。安子が一つ、二つとゆっくり呼吸をするのを感じた。

「気持ちが不安定になるのは、女御様の心が弱いからではありません。お腹に子がいる間はその子を護(まも)るために心が揺れやすいのです。そして今は……お辛い時、でしょう」

「……怖いのだ」

ぽつり、と女御は呟(つぶや)いた。

「父の期待に応えられなかったらと思うと。生まれて来る子は姫宮でも若宮でも嬉(うれ)しいはずなのに。喜んであげられない自分が……嫌になる」

入内(じゅだい)した姫に望まれるのは男児を産むこと。

当たり前のように望まれるが、その重圧は計り知れない。ましてや既に他の姫との間に男児が生まれているのだ。苦しくて、悔しくて、仕方がないのだろう。そしてまた、胸の内にそんな負の感情が渦巻く自分を嫌になってしまっているのだろう。

「私も、同じものを背負っています。指名された時、健康な御子様がお生まれになるか、女御様が健やかであらせられるか、心配しておりました」

蓮花は祈るように一度、目を閉じる。

「だから、どんなことがあっても、私は女御様の味方です。女御様と御子様が頑張られたことを、大切に育まれたことを、皆様にお伝え致します。そして生まれる御子様がどちらでも命を賭して、お助け致します」

口で言うのは簡単だ。けれど何人ものお産を見てきたからこそ言える自信がある。

その一言を伝えるために、自分の抱えた怖さや不安は無駄ではなかったのだと思う。

握った安子の手が、先程よりも強くなった。

「では、そろそろお暇致しますね。また、改めて伺います」

すると安子の手が離れたかと思うと、蓮花の頬に触れた。

「女御様……？」

「次に来る時は、もう少し心穏やかに迎えるつもりだ。私は后であり飛香舎の女御。己の心に負けるわけにはいかぬ」

安子ではなく、女御の声になっていた。気高く美しい、女性として最高の誉になるために生まれて来た姫。その強さに驚かされるのと同時に、それが彼女の心の柔らかい部分をひた隠しにしてしまうようで、蓮花は複雑な感情を抱くのであった。

その後、別の貴族の屋敷に足を延ばしていたため、気が付くと夕刻になっていた。妻や姫だけではなく、屋敷に仕える女性も見てほしいと依頼されることもあるため、助産師の仕事で関わる女性は実に幅広い。だからどう、ということはないのだが、一日の中で出会う女人が女御から侍女までと幅がありすぎた。

四条の屋敷に戻るため、大内裏から少し離れた一条の外れの小路を蓮花は歩いていた。この辺りは簡素な板葺きの住居が並んでいる。

歩みを進めていると、道の隅に幼い子どもが座り込んでいることに気が付いた。着ているのは粗末な麻布で、この寒い中裸足であった。体や手足は骨ばっており、土埃で汚れていた。

蓮花は怖がらせないよう頭に被いていた衣を少しずらして、傍に歩み寄る。子どもはじろりと蓮花を睨むように顔を上げた。

何も言わない子どもだったが、欠けた茶わんが置いてあることに蓮花は気付いた。

蓮花は瞬くと、懐を探った。確か間食出来るようにと頂いた唐菓子が入っていたはずだ。

「良かったらこれ……」

次の瞬間、子どもはばっと手を伸ばすと、懐から出しかけた蓮花の包みを奪う。

「わっ」

その勢いで蓮花はよろけ、背に何かが当たった。その隙に子どもは小路の間を走って行き、姿が見えなくなってしまった。

「どうしたんですか!?」

袂(たもと)の中にいたましろが、驚いて飛び出て来る。

蓮花が大丈夫だと口を開きかけたところ。

「随分と品のない物乞いでしたねえ」

背後から聞こえた声とふわりと香った白檀(びゃくだん)の香で、蓮花は何者かに背を支えられていたことに気付いた。慌てて振り返ると同時に、ましろが声をあげた。

「蓮花さん、この人……」

そこにいたのは、以前内裏で見かけた鬼を操っていた男であった。

蓮花が背中を離して向き直ると、男は人気のない往来の中心で一礼した。初めて見かけた時と同じように、烏帽子(えぼし)はなかった。まとめきれなかった髪が一房、動きに合わせて、はらりと頬にかかった。白檀のしっとりとした香りは彼から立ち昇っていたようだ。

「お会いするのは二度目ですね。蓮(はす)の君」

あの時と同様、艶のある声が蓮花の耳をなぞる。

「蓮の君……？」

蓮花は訝しげに眉をひそめた。

「ええ。お名前にちなんで、勝手ながらそう呼ばせて頂きます」

男は優雅に微笑んだ。

「あなたのことを調べさせて頂きました。鬼の視える助産師。産神の祝福を授ける者。はてさて、不思議な御仁ですねぇ」

蓮花は身じろぎする。

「よろしければ、先程の子どもを捜して説教してきましょうか？　一応、仕事で人捜しは得意なので。他にも困りごとや悩みごとなど、その人が抱えているものを解決することも出来ますよ」

「いえ、結構です。もとよりあげるつもりのお菓子でしたし……」

蓮花は少年が走って行った方を向いた。

いつも全ての者を救えるわけではないのだが、少し持っているものを分けたり、まとわりついている鬼を扇で煽いで追い払ったりするぐらいで助けられるのなら、躊躇う理由はないのだ。

もちろん身の危険もあるので、無防備に全員に近付いているわけではない。

この男のように、怪しげな気配がする者には特に。

「あの、私……」

蓮花が去ろうとすると、男の声が蓮花を引き留めた。

「依然として安倍晴明と手を組んでいるようですね」

蓮花が男を見返すと、彼の冷ややかな視線はましろに注がれていた。

「だったら、どうだというのですか？」

蓮花が警戒しながら尋ねると、男は蓮花に向かって手を差し出した。

「もしよければ、今回の依頼から手を引いて私のもとへ参りませんか？」

蓮花は眉をひそめた。

「……女御様のお産に関わるなということですか？」

男は頷いた。

「その代わりあなたの能力を、もっと有用に役立てられるよう導いて差し上げます。私の占術で、危険性の高い妊婦の出産を避ければいい。そうすれば恐怖もなく、自信を持ってお仕事が出来ますよ？」

「何故それを……」

蓮花がお産への不安を口にしたのは、晴明に話したあの時だけだ。

男は口元に笑みを浮かべた。

「言ったでしょう。困りごとや悩みごとなどを解決するのが得意だと。私の式や占術を組み合わせれば、あなたの思い悩んでいることくらい簡単にわかります。いかがです?」

「お断り致します!」

蓮花はきっぱりと返した。安子と約束したのだ。必ず自分が責任を持って赤子を取り上げると。最後まで寄り添うと。それに彼の提案する方法は、けして蓮花が望むものではない。

「そうですか、では仕方ありません」

男のまとう空気が変わった気がして、蓮花は戦慄した。

男の周りには大量の鬼が舞っていた。それぞれが小さな紫がかった炎をまとい、ゆらゆらと揺れている。

蓮花の呼吸は震えた。

どんな病の人でも、あれほどの量の鬼をまとっている者は見たことがなかった。

鬼が潜伏しているのではない。あれは。

支配をしているのだ。

蓮花はましろに告げた。

「ましろさん、お願い。晴明様に、女御様の御身が危ないかもしれないと伝えて来て下さい！」

「待って下さい！　今一番危ないのは蓮花さんじゃ……わああっ」

次の瞬間、無数の鬼が羽虫のように蓮花に襲い掛かった。

蓮花は寸前のところでましろを放り投げ、咄嗟に腕を伸ばして顔を覆う。虫ではないので羽音は聞こえないが、体温のような熱が肌を撫でる。ふと白檀の香りが深くなった気がして顔を上げると、いつの間にか傍に来ていた術者が蓮花の片腕を掴んだ。弾みで被衣が滑り落ちる。

彼が空いている方の手を広げると、羽虫のように襲ったものとはまた違う、小さな鬼がその手にいた。

「あなたに呪いを授けましょう。今後、あなたがお産に関わる者すべて、鬼の餌食とさせる呪いを」

「え……」

彼の肩から零れ落ちる黒い髪が帳のように、蓮花の周囲の視界を遮る。

蓮花が見上げると、美しい造形の顔立ちが歪み、不気味に笑った。

「粘膜から体内に入っていく鬼です。さあ、どこから侵入させましょうか。目にしましょうか、口にしましょうか、それともその柔肌に傷をつくって直接入れるのも良いかもしれませんね」

男の口にする内容に、蓮花はぞっと肌が粟立った。

「私は幼い頃、鬼によって命を落としかけました。けれどそれによって耐性がついて、彼らを支配出来るようになったのです。あなたも鬼が視えるということは、同じような経験をしているのでしょうね。普通の鬼より少し特別な鬼をご用意させて頂きました。陰陽師の祝詞では効きにくい変異した種類の子たちです」

蓮花の脳裏に保憲の妻を苦しませた鬼が蘇った。

せめてもの抵抗として蓮花は目を瞑り、口を開けないようにして心の中で叫んだ。

『誰か……！』

「蓮花殿！」

よく聞き知った声が、耳に響いた。

「晴明様……！」

その声に反応して蓮花は一瞬目を開く。男の姿に阻まれて見えないが、間違いなく彼の声であるとわかった。

「ああ。お待ちしておりました」

男の楽しそうな声に、蓮花は慄然とする。

「晴明様、待って下さい！　これは……」

罠です、と蓮花が言いかけた時。小さく開いていた蓮花の口から体に何かが入り込んだ。

次の瞬間、蓮花の胃や体の内部から焼け付くような熱が襲った。

「あ…………っ！」

思わず呻くような声があがる。

周囲の空気が奇妙に歪んだかと思うと、蓮花は暗闇に引き込まれるような感覚に陥った。


気が付いたら蓮花は、一面薄紅色の蓮の花が咲く池に半身が浸かっていた。

「ここは……どこ……？」

動くとちゃぷ、と水の跳ねる音がする。

蓮花は辺りを見回した。先程まで一条の外れの小路にいたというのに。

霧が立ち込めているため、池が広がっていることぐらいしかわからない。視界は悪いのに目の前に咲く花は神々しく、はっきり目に映っているのが不思議だった。

「逃げないと……」

先程の術者を思い出し、蓮花は立ち上がろうと足を動かした。しかし、水面の下の泥に足をとられて蓮花はつんのめる。

「あ、そんな」

動けば動くほど、深みにはまっていくようだ。蓮花は必死に足を抜こうとしたが、抜けない。それどころか足掻(あが)くほど泥の中に引き込まれそうになる。蓮花は思わず声をあげた。

「助けて……！」

ぐっと背後から手を掴まれた。弾(はじ)けたように顔を上げると、晴明が蓮花の手をしっかりと握っていた。

晴明は片方の手で蓮花の腕を掴みながら、もう片方の手で印を結び、手刀のように気迫と共に水面へと一閃(いっせん)させる。

「──オン！」

飛沫(しぶき)が一斉に上がる。

まとわりついていたものが軽くなり、蓮花は泥から足を引き抜いた。

「こっちだ」

「は、はい！」

蓮花は晴明に引かれるように何歩か進む。すると池の中に中洲(なかす)のような場所が出現して、蓮花らはようやく足が地に付いた。ほっとしたのか、蓮花は思わずぺたりと座り込んだ。

「どうしてこちらに……」

蓮花は尋ねた。晴明は仕事帰りだったのだろう。いつもと同じ浅縹色の衣姿で、警戒の色を浮かべながら険しい表情で周囲の様子を窺っていた。

「前に術者の話を聞いてから、占術でまた君と接触しそうな所を割り出して、張っていたんだ。しかしこんなことまで引き起こすのなら、もっと詳細を調べて、せめて忠告をしておけばよかった……」

そこには己の迂闊さを責めるような響きがあった。

占術は必ずしも正確な事柄がわかるわけではない。だが現在起こっている事象を擦り合わせて、過去の出来事から起こり得る可能性をいくつも導き出す。それを読み解き、依頼主やひいては朝廷に進言するのも陰陽師の役割だ。

「早くこの空間から脱け出すぞ」

「ここはどこですか？」

蓮花は自分の姿を見下ろした。泥のような所に沈んだはずなのに、体や衣は濡れても汚れてもいない。いつの間にか、元結で括っていた髪はほどけ、衣から一部がこぼれてしまっている。

「現世と精神世界の狭間（はざま）だな。保憲の所で行った透視の術があっただろう。あれを具現化させたといえばいいのだろうか。幻術のようなものだ。だが君の場合は『視（み）える』からな。『視える』ということは効果や影響があるということだ」

晴明は地面に手をついた。

「術で意識は精神世界にいるように感じているが、実際は現世と重なっているはずだ」

蓮花も真似（まね）るよう地面に手を触れる。暗くてわかりにくいが、ざらついた地面は小路（こうじ）の砂地を彷彿（ほうふつ）させた。

「これはこれは。美しい光景ですねえ」

響いた声に、蓮花は怖気（おぞけ）が走った。

蓮（はす）の花や葉をかき分けるように、術者の男が現れた。ゆらゆらと彼のまとう香の匂いが薫（くゆ）る。

「あなたの体に入った鬼を伝って、上手（うま）く同調出来たようで良かったです。ゆっくりお喋（しゃべ）りが出来ますね」

術者は咲いている花を愛おしそうに手で撫でた。

「黙れ。話したいことがあるのなら、現実の世で行うんだな」

蓮花を庇（かば）うよう片手を伸ばし、低い体勢のまま晴明は片膝を立てる。

晴明の鋭い視線を、術者は涼しい表情で受け流した。

「安倍晴明。こういうかたちでお会いするのは初めてですね。私はあなたのことを存じていましたが」

「そうか、俺はお前のことを知らんな」

晴明は術者の方を睨んだままだ。

「賀茂忠行殿の弟子で、噂によると化け狐の子とも言われているようですが、本当は……全て真実を覆い隠すためのものですね」

「は…………？」

何を言っているんだ、と晴明は呟く。だが、その声の語尾がほんの僅かに震えていた。

その反応に術者は愉しげに目を細める。

「あなたも私と同じでしょう？　甘い言葉を囁く者に利用されていた。聞いたことがあるのですよねえ。とある貴族に飼われた幼い子どもの話を」

晴明の瞳が凍りつく。

「その子どもは優れた術を操ることが出来た。まだ善悪も知らず、愛されたいがためにどんな命令にも従ったと。この私がまとう香、懐かしくはありませんか？　香りは記憶を呼び起こしますからねえ」

聞かない方が良いとわかっているのに、彼の紡ぐ音が呪歌（まじないうた）のように蓮花の耳に入ってくる。白檀（びゃくだん）の香りが、濃くなった気がした。

「当時、当代一とうたわれた陰陽師を呪殺するように命じられた。けれど失敗。子は呪いが自分に跳ね返って死んだのだと言われていましたが……」

ふふっと術者は微笑（ほほえ）んだ。

「賀茂忠行という男はなかなかの策士だったようですね」

衣擦（きぬず）れと共に術者は晴明に近付く。しかし晴明は一歩も動けない。

「自分が本気で殺そうとした相手に引き取られるって、どういう気持ちでした？　殺そうとした相手の実子に懐かれるって、真綿で首を絞められる感じだったでしょう」

わらべ歌や子守唄を歌うように、口角を上げて男は唱える。

「優しくされればされるほど、あなたを苛（さいな）んで。あんなに欲しかった愛情が、こんなにもあなたを苦しめる原因になるなんて」

術者は蔑んだ目で見下ろしながら、くいっと首を傾（かし）げた。

「どういうつもりで生きてきたんですか？」

「やめて……！」

　蓮花は思わず声をあげた。

「生きていたらいけない人なんて、一人もいません！　生まれてきた命は皆尊いです！」

　命を冒瀆する言動が許せず、蓮花は怒りで震えた。

　どれだけその言葉が人を傷つける刃になると思っているのかと、術者を睨みつける。

　術者は蓮花の視線に揺らぐことなく返した。

「それが道に捨て置かれた子どもだったら？　人を殺せる力を持っていたら？　皆が皆、あなたのように人を生かせる力なんて持っていませんよ。そしてこの者は、自分のためにその尊い命を奪おうとした」

　術者の言葉に蓮花は首を横に振った。さらさらと動きに合わせてほどけた髪が揺れる。

「そうするよう、仕向けられていたのでしょう？　特別な力なんて持っていなくていいんです。私はどんな人でも助けたいし、生きる権利があると思っています。もしその人が誰かに害をなそうとするのなら、私が全力で止めます」

　蓮花の一歩も引かない言葉に、男の表情が微かに歪む。

「あなただって……そうです」

　蓮花は強い眼差しで見返した。

「さっきの言葉、そっくりそのままお返しします。今回の件から手を引いて下さい。私のもとへ付いて下さい。そうしたら、もっと自信をもって、胸を張ってお仕事出来ますよ」

言われると思っていなかった言葉に、術者は絶句する。

そして、肩を震わせた。男は、嗤って(わら)いた。檜扇(ひおうぎ)を開いて口元を隠す。

「そんなだから、あなたは足をすくわれるんです」

その瞳に浮かぶ感情がどんな色なのか、蓮花にはわからない。

ふと、呪を唱える微かな声が聞こえた。晴明の声であった。

「……オンキリキリ・バザラバジリ・ホラマンダマンダ・ウンハッタ……!」

そして晴明は地に手を強く押し当てた。

次の瞬間、強い霊力が術者を搦(から)めとるように捕らえた。

「地に結界を張らせてもらった! この空間ごと砕け散れ――砕破!」

晴明の唱えた声と共に、空間が歪み、音を立てて壊れていく。

「くっ……」

術が破れた反動か、それとも霊力に捕縛されたからか、術者が顔を歪める。

蓮花は現実世界に引き戻されたようだった。音が、空気が、都のそれへと戻って行く。

「この隙に走れ!」

晴明は蓮花の腕を掴む。声に押されるように、蓮花は術者に背を向けて駆け出した。

空は薄闇に染まっている。

大路と小路が交差する通りを抜け、周囲の景色は板葺きの住居が立ち並ぶ光景から、築地塀と柳の木が等間隔に並ぶものへと変わっていった。

時折道行く者が何事かと駆け抜ける二人を見やったが、蓮花は晴明の背中を追って足を動かしていたため、気にする余裕もなかった。幸い、背後から術者の追手や攻撃が迫ることはなく、とある屋敷の門の前で、晴明はようやく走る速度を緩めた。

「こっちだ」

晴明は慣れた手つきで門を開くと、素早く閉じて閂をかける。

「追って来る気配はないが、念のため結界を張る。ここなら大丈夫だ」

蓮花はがくっと足から力が抜けて、思わず座り込んだ。これだけの距離を走ったのはお産が近付いて従者に急かされた時以来だったので、心臓が早鐘を打ち、呼吸もなかなか落ち着かない。

しゃがみ込んでしまった蓮花に、晴明は労わるように膝をつく。

「すまない。あちらの簀子で休もう。動けるか」

「ちょっと今は……無理です……」

蓮花は息も絶え絶えに言う。本当に一歩も動けなかったのだ。

すると晴明は手を伸ばしたかと思うと、次の瞬間軽やかに蓮花の体を抱き上げていた。

「あ……」

うろたえる蓮花の耳に、晴明の声が近くから響いた。

「上手く意識を逸らしてくれて礼を言うよ。おかげでその隙に術を構築して抜けられた」

言葉の合間に、微かに彼の呼気の乱れが聞こえる。蓮花は鼓動を全身に感じながら、首を横に振った。

「いいえ、私は……」

気を逸らそうとしたわけではなく、本気でそう思ったのだ。

一人生まれるのがどれだけ尊いのか。命がどれだけ深くて、重いのか。

晴明は蓮花を簀子に下ろした。彼が少し緊張しているのが伝わって、蓮花も意識してしまう。さすがに男性に抱えられたのは初めてだったからだ。

「蓮花さん、大丈夫ですか?」

簀子に座った蓮花のもとに、ましろが心配した面持ちで近付いて来た。どうやらましろも上手く逃げおおせたようだ。

「ましろさん、良かった……。晴明様を呼んで下さって、ありがとう」

ましろはぶんぶんと耳を振る。

「ご無事で良かったです……！」

つぶらな丸い目が涙でうにゃりと潤む。その表情でどれだけ心配してくれていたのかが伝わって、蓮花は感謝の気持ちを込めて柔らかい手つきで撫でた。

晴明に用意してもらった水を飲んで、蓮花はようやく落ち着いた。まだ体内がぞくぞくする感覚はあるが、走った時の疲労感は少しずつましになっていった。

ましろは地面に擦れた蓮花の髪の汚れをとるため、どこからか櫛と濡れた布をくわえて持ってきた。そして拙い動きながらも、ぽんぽんと布で汚れを落としてくれた。

「先程の者は……」

蓮花が口を開くと、晴明は簀子に片膝を立てた姿勢で唸るように言った。

「あれはおそらく、法師陰陽師の一人だ」

法師陰陽師とは陰陽寮に所属していない、いわゆる民間の陰陽師だ。それならば、あの法師姿と浮世離れした面立ちにも納得がいく。

「おおかた、どこかの貴族に雇われて命じられたのだろう。名や通称を聞き出せれば捜す当てはあるが、現時点ではわからない。術がかなり特殊だから、それを辿るしかないな……」

蓮花は彼と交わした言葉を思い返す。

「女御様の依頼から手を引け、と言われました。……裏にいるのは右大臣様の政敵でしょうか」

「もしくはその部下か……、他にも入内している女御や更衣の親族の可能性もあるし、多すぎて絞りきれん」

晴明は袖に手を入れて腕を組むと、険しい面持ちで呟いた。

蓮花は後宮で見かけた折、更衣の傍にあの鬼がいたことを思い出した。

「おそらく彼が操っていた鬼は、更衣様の近くを舞っていた鬼と同じ種類かと思います」

「ではやはり、藤原元方もしくはその周囲にいるのか……」

出産に陰陽師が付くのは珍しいことではない。けれど今の術者が関わっていた可能性も大いにあり得る。彼女のもとに付いていた秋葉から、何か手がかりを得られないだろうか、と蓮花は考えた。

「更衣様も女御様と同様、狙われていただけの可能性もあるからな。第一皇子が問題なく誕生しているし、周囲に不審な事件があったという報せは上がってきていないから、可能性としては薄いが……。何にせよ、今手元にある情報だけでは推論の域を出ない。大っぴらに探すと、証拠を隠滅される可能性もあるから、密かに調べておくか」

晴明の言葉に蓮花は頷いた。

「そうですね。私も兄が検非違使の任に就いているので、女御様やそのお屋敷の周辺を注意してもらうよう文で知らせておきます」

女御の屋敷の者にも、不審者がいたことを伝え、警戒してもらうことにしよう。女御自身には心配させないよう、周りの者が配慮してくれるはずだ。そうでなくとも、彼女は今思い悩んでいるのだから、余計な負担はかけたくなかった。

そう考えをめぐらせていると、蓮花の背中に、再びぞわぞわとする感覚が走った。

蓮花は不審に思いつつ、誤魔化すように腕を擦る。そして改めて周りを見回した。

簀子の傍には小さいながらも池があり、近くには早咲きの桜の木が植わっていた。蓮花は晴明にこそっと尋ねた。

「あの……確認なのですけれど、ここは晴明様のお屋敷なのですか？」

「ああ。俺のというか、ここは安倍家の屋敷。ちなみにこの対屋は、俺たちの他に誰もいないから気にしなくていい。義父は仕事が不規則だし、いたとしても奥の対屋にいるからな」

蓮花が気を遣わなくて良いようにか、晴明は言い添えた。

「さっきの奴の話を聞いていただろ。俺はああいう事情もあって、名前も一度全て捨てた。

晴明という名も、師匠からもらったんだ。晴れた明瞭な空を意味するんだって言われたよ」

晴明は何てことないように話した。彼の言葉に、蓮花は静かに頷く。

「出仕をする時に師匠の知り合いだった安倍家の子ということにして。こうして安倍晴明は生まれたというわけだ」

「では、ご生家は……」

晴明は首を傾げた。忘れたようにも、あえて深く思い出さないようにも見える仕草であった。初めて会った時のように、その瞳に憂いが帯びる。

「さあな……。産むのではなかった、と。美しい女性に言われた。覚えている限り、それが一番古い記憶だ」

晴明はそのまま話を続けた。

その女性はどこかの貴族の姫だったのか。幼い頃から不思議なものを視ることの出来た童子は、気味悪がられていた。ある日、そこに『その力は素晴らしいのだ』と褒める者が現れたという。

その者にさらわれるように童子は引き取られ、言われた通りに呪術を実施していた。後は、術者の男が話した通りだった。童子は優しくされるのが嬉しくて、まとう闇に気付かないふりをしていた。

晴明の語気は淡々としており、どこか他人事として感じているかのような声音だった。切り離して考えないと、心が耐えられなかったのかもしれない、と蓮花は思った。

「結局師匠に助けられて、何年も経ってその者が死んだと聞いたから、俺も陰陽寮で出仕出来るようになったわけなんだけどな」

晴明は、だから今は気にすることもないんだが、と付け加える。

幼い子どもが罪に塗れた術に手を染めたのは、母からもらえなかった愛情を、渇望していたからだったのだ。

女性が発した『産むのではなかった』という言葉に、蓮花は居たたまれない心地になった。

出産の苦しみを間近で何度も見てきただけに、そのようなことはないと告げたかった。

けれど、蓮花はまだ出会ったことはないが、何らかの事情があった女性が、産んだ子どもの顔を見ようともせずに遠ざけた話も聞いたことがある。

愛情がないと出産の苦しみに耐えられない、と言われているが、愛がなくても子は生まれるのもまた現実だ。

晴明は立ち上がって、階を下りる。

「師匠や保憲の手前、言えなかったけれど、本当はずっとこう思っていた。

──俺に陰陽師になる資格はないって」

庭に下りた晴明は振り返って、蓮花の方を向いた。

「ただ彼らの手足となって動くこと。それが一生かけて償うために、俺がするべきことなんだ」

月の光に照らされた桜の花びらがはらはらと散っていた。

散った花びらは、池に落ちる。池には蓮の葉が無数に開いており、その上に花びらが載った。

美しかった。そして美しいのに、とても哀しい光景であった。

罪を背負わされた子どもの、泣くことすら許されない懺悔と悲鳴であった。

蓮花は声が震えそうになるのを押し殺しながら、彼に告げた。

「私は晴明様と出逢えて良かったです。きっと保憲様も、賀茂忠行様も、晴明様に関わった方はそう思っています」

おそらく師匠である忠行や保憲に何度も言われてきただろう。悪いのは君を唆した者なのだと。だから君が悪いのではないと。

晴れ渡った空のような美しい名を与えたということは、きっと彼にそう生きてほしいと願ったからだ。

今さら蓮花が何を言っても、新しい感情など生まれはしないのに。

蓮花の言葉を晴明は静かな表情で聞いている。

けれど過去が掘り返されたことに確実に傷ついているだろう。

「私は晴明様に助けられました。それは紛れもない事実なんです」

彼が心に寄り添うことが上手いのは、自分がそれだけ辛いことを経験してきたからだ。

痛みを持っている人は、痛みがわかる。

けっして、痛みがないと寄り添えないわけではない。

それでもふとした一言や仕草で、相手には伝わるのだ。

この人は、自分の気持ちをわかってくれると。

「痛みを今でも忘れない、あなたに助けられたから、今度は私が願いますね」

蓮花は真っ直ぐに彼の目を見て告げた。

「あなたは、幸せになっていい。幸せになるために生まれてきたんです。その優しさを受け取っていいんですよって」

もっと早く出逢いたかった。

もし彼が幼い童だったら、同じことを言って、大丈夫と包み込んであげられたのに。

でもきっとそれをする役割は蓮花ではないから。

今伝えられることを伝えるのだ。

「たとえあなたがそうなる資格はないと思っても、あなたは誰よりも人の心に寄り添える陰陽師です」

蓮花は包み込むように伝える。ようやく放った産声を受け止めるように。

陰陽師になる資格はないと告げた言葉。

本当に大事にしてくれる人が傍にいたのに、温かすぎて、心が近すぎて、言えなかったのだろう。想像がつく。

彼との距離が、彼らより遠い自分になら言ってもらってかまわない。

今この瞬間。一瞬の呼吸分だけでも彼が楽になれるのならば、蓮花は彼にとって一番遠い存在であってかまわなかった。

晴明は目を伏せた。そして長い沈黙の後、口を開いた。

「……その言葉を、誰かに言ってほしかったのかもしれない」

晴明は歩み寄ると、跪いて祈りを捧げるように蓮花の手をとった。

そのまま額が蓮花の手に触れるようにうつむいたため、表情は見えなくなる。

草木の葉が擦れ合う音だけが聞こえ、蓮花の心は緊張と戸惑いで微かに震えた。

「晴明様……」

風に溶けそうなほど、小さく彼の名を呼ぶ。

ずっと気になっていた晴明の心。

その一部に、少しだけ触れられた気がした。

どうか、これから先歩む彼の人生が僅かでも幸せと呼べるものであるよう、蓮花は希(こいねが)った。

不意に、静寂を破るように、蓮花の鼓動は奇妙な脈を打った。

「……っ」

蓮花は思わず胸を押さえた。明らかに体調の異変を感じるような鼓動であった。

晴明ははっと顔を上げる。

先程から感じていた、体内を駆けめぐるような感覚がはっきりと形を持った気がした。

体が火照るように熱くなり、内臓を圧迫する苦しさが押し寄せる。

蓮花は簀子(すのこ)にくずおれそうになり、晴明が咄嗟(とっさ)に受け止めた。

「蓮花さん！」

髪を整えていたましろが驚いて声を上げた。

「あ……」

呼吸が荒くなる中、蓮花はこれによく似た症状を思い出す。

確かお産の直後、産婦の容体が急変した時。鬼がとり憑いた時の様子にそっくりだ。

己の手を伸ばして視ると、紫を帯びた燐光のような炎に包まれていた。

「先程の術者が送り込んだ鬼か……！」

晴明が硬い声音で口にする。

「……やっぱり……」

意識を失う直前、鬼が口の中に滑り込んだ感触を蓮花は思い出した。

晴明は蓮花を支えながら呪を唱える。その効力により、徐々に荒かった呼吸が鎮まっていく。けれど、全体を取り巻くような体の熱や疼きはまだ残っていた。

晴明は険しい面持ちをした。

「今は俺の術で鬼の増殖を抑えている状態だ。この鬼は、保憲の北の方のもとにいた鬼と同じか……？」

術の感覚で鬼の種類を見抜く晴明に、蓮花は頷く。

晴明の眉間にしわが刻まれる。

ましろは心配そうに尋ねた。

「晴明様のお力なら、消滅させられますよね？」

「ああ。ただ……奴の狙いが女御様や主上の血筋に害を為すことならば、浄化したところで再び君を襲う可能性がある。そしてこの鬼をさらに変異させたものや多量の鬼を送りこまれたら、今度こそどうなるかわからない……」

晴明はしばらく瞑目して悩んだ後、口を開いた。

「……これを君に言うのは酷なんだが、あとふた月の間、お産に関わるのを我慢してくれないか」

陰陽寮からの正式な吉凶と精進潔斎のためと説明してもらうから、と晴明は付け加える。

「ふた月……」

思わぬ言葉に、蓮花は顔が強張った。

「女御様のお産の直前に浄化する。それまでの間、身に潜む鬼は俺の霊力で封じる。だから様子を見に行くのは大丈夫だろうが、お産は避けてほしい。万が一、封じた鬼が暴走したら、君だけではなく体の弱った妊婦の者にも危険が及ぶから」

鬼が蓮花の手から産道を伝って、相手を苦しめる可能性があるのだ。

先程の術者の言葉を思い出す。

――あなたに呪いを授けましょう。今後、あなたがお産に関わる者すべて、鬼の餌食とさせる呪いを

悔しさのあまり、蓮花の瞳に涙が滲んだ。

死と隣り合わせのお産が不安だったはずなのに、それ以上に今は、自分の大切にしていたものをごっそり奪われてしまったような感覚だった。

「鬼がずっと体内にいるのは怖いかもしれないけれど、君の身は俺が護るから。どうか信じてほしい」

晴明の目はいつもと異なり、余裕のない目であった。護れないのでは、という不安ではなく、自分を信じてもらえるのかという不安を覗かせている目。

蓮花は心の内を抑えて告げる。

「……一番怖いのは、私のせいで誰かが亡くなることです。それ以上の怖いことなんてありはしません。それに私、小さい頃に鬼のせいで高熱が出たけれど、生き残ったんです。晴明様のお力もあるから、きっと大丈夫」

晴明の力を信じている。優しくて、誰かのためになれる力を。

ただ、蓮花は少しだけ本音を話す。

「でも、一つだけ。……やっぱり悔しいです。指名して下さり、最後まで付き添うと約束

したのは女御様だったけれど、他にも関わりたいお産はきっとあったと思うから」

蓮花の苦しさと悔しさの滲んだ涙を、晴明は指で拭う。

そして抱き止めた腕に力がこもった。

「君を護ろう。それが女御様や、これから生まれる先の御子を護ることに繋がる」

晴明の霊力が、蓮花を取り巻くのがはっきりとわかった。ぞわぞわとしていた悪寒が治まっていく。

「ずっと……誰かの影でいいと思っていた。手足になればいいって。でも今、俺の意志で君を護る。償いじゃなくて、俺のやるべきこととして」

見上げた晴明の瞳に優しさと強さを込めた光が宿っていた。

自分の意志を伴った人間らしい姿であった。

この瞬間、蓮花は初めて安倍晴明という人に出逢ったのかもしれない。

蓮花は体の苦しみが和らぐのを感じながら、静かに微笑んだ。

「信じています」

◇

五条邸には、初夏の爽やかな風が吹き込んでいた。

蓮花は臨月となった安子の腹に手を当てた。

腹部の張りが出て、しばらくすれば落ち着くのを、手の平で感じ取る。

安子も穏やかな笑みを口元に浮かべながら、その様子を見守っていた。

腹部の様子を見るため今の安子は単衣姿で、その肩には夏らしく紅と青を重ねた撫子の襲の小袿をかけていた。

一方の蓮花は、白地に蘇芳を組み合わせた衣姿であった。

あれから蓮花のもとに術者が現れることはなかった。蓮花の中に潜む鬼は晴明の術で封じられており、活性化することなく、蓮花も日常を過ごすことが出来ていた。ただ、出産に関わることが出来ず、その時だけ他の助産師に依頼する心苦しい日々を送っていた。

「本日も、お腹の中で元気に過ごしていらっしゃいますね」

お産が近付くにつれ、五条邸に訪れる日は増え、このところ数日に一度は訪れている。

塞いでいた安子だったが、次に蓮花が訪問した時には宣言した通り、几帳から出てしっかりとした面持ちをしていた。その後も胎動の状態を蓮花に話したり、歌の上手い子になるようにと自ら歌を読み聞かせたり、お腹の御子に愛情を注いでいるのが伝わっていた。

そうすることで、あえて男か女か、考えないようにしていたのかもしれない。

朝方に産徴があったという。もう少し陣痛の間隔が短くなれば、本格的に出産が始まる。しかし今の安子は、蓮花の顔を見ながら何か考えるような面持ちをしていたので、気になった。

「何か気がかりがございますか？」

蓮花の方から尋ねる。

術師について晴明も警戒しながら調べているようであるが、蓮花のもとに新たな報せはなく、本日に至るまで五条邸や女御の様子も変わりはなかった。手がかりを得るため、蓮花も秋葉にそれとなく中納言のもとにいたという陰陽師の件を尋ねてみたが、几帳越しの対面であったらしく、果たしてその者なのか絞り込めなかった。

何か少しでも気がかりがあるのなら、確認するにこしたことはない。

すると、安子はいたって真剣な眼差しで口を開いた。

「蓮花は、何か好物はあるのか？」

完全に予想外の問いだったので、蓮花は思わず聞き直してしまった。

「好物、ですか？」

「蓮花の好みそうな物があるのか考えていたのだが、蓮花は物欲がなさそうなので、聞いてみようと思っていたのだ」

一体何故蓮花の好みを考えていたのか、それはそれで疑問が残るのだが、安子は真剣な様子だ。蓮花は視線をさまよわせた。

「えーっと、なくはないのですが……」

思っていたより平和な問いで、安心したのと同時に蓮花は迷った。

実はこれを正直に答えるには、小さな秘密を話さなければならないのだ。安子にならばよいだろうか。

「さあさあ、答えよ」

安子がいたずらに手首をこしょこしょとくすぐるので、蓮花はしばらく耐えていたが、やがて観念して答えた。

「桃が好きでございます」

「桃か？　珍しいな」

安子は瞬かせると、首を傾げた。

桃は魔や邪を祓う、と言われているが、果肉は固くて甘さも控えめだ。大陸の方にはもっと甘みの強いものもあると聞くが、都で好んで食べる者は少ない。

「実はある方法ですごく美味しくなるのです」

蓮花が声を潜めると、安子も俄然興味を持った様子で耳を傾けた。

「ある方法とは？」

「桃の蜜漬けという我が家に代々伝わる門外不出の食べ物がありまして。甘酸っぱくてとても美味なのです」

「なんと」

初めて聞く名称に、安子は声をあげる。

作り方は門外不出なので、これが小さな秘密たる理由だ。とはいえ、今は兄や父から離れた身。誰かと共有したい気持ちもあった。

「桃も蜜もなかなか手に入らないのですが、私も家族もこれが大好きなのです。最後の一つをめぐって兄と喧嘩（けんか）をしたこともありました。とても優しい兄なのですが、この時ばかりはお互い譲らなくて、兄妹（きょうだい）で喧嘩をしたのは後にも先にも、この件だけです」

「あはは、蓮花も喧嘩をするのか！」

安子は声をあげて楽しそうに笑った。腹部の張りが強くならないか蓮花は一瞬心配になったが、平気そうだ。

「そうか、それはぜひ私も食してみたいものだ」

ひとしきり笑った彼女は、笑い過ぎて滲んだ涙を軽く拭った。蓮花が懐紙を差し出すと、受け取って目元を押さえた。そして何でもないように口を開いた。

「なあ、蓮花。もし良かったら、私付の女房にならないか？」

「えっと……」

思わぬ申し出に蓮花は瞬いた。

「後宮で女房として仕えてもらえるとすぐに相談出来るし、他の者も心強い。私もまだ子を産みたいと思っているしな。もちろん他の者のお産の要請があれば、牛車で向かってかまわない」

「ありがたいお言葉ですが……」

蓮花は視線をさまよわせる。多分、安子が想像している以上に、蓮花の助産師としての仕事はたくさんある。彼女の気持ちを無下にはしたくないが、現状を考えるとどちらにも迷惑がかかるのが目に見えていたのだ。

そんな蓮花の戸惑いを見透かしたように安子はくすり、と笑った。

「冗談だ。断れないようなことを言うつもりはなかった。けれど、それぐらい来てくれて安心しているんだ。これは本当だぞ」

出産が終われば、蓮花のお役目も終わりになる。

安子はそれが寂しいと思ってくれているのだろうか。わざわざ好物を尋ねるなんて、蓮花との縁が、続くことを望んでくれているのだろうか。そうであれば嬉しい、と蓮花は思った。

「では、明日も参りますが、陣痛の間隔が短くなるのが早ければ、夜間でも伺いますのでお呼び立て下さい」

お産は産徴から一日から二日後に迎えることが多いと言われているが、個人差もあるし今宵は望月なのでもしかしたら早まる可能性もあるのだ。

「ああ。頼んだぞ。蓮花。必ずまた」

安子は手を振った。蓮花は微笑んで一礼した。

本日は牛車を寄越してもらったので、それに乗って四条の屋敷へ帰る。お産の時に着る白装束は既に五条邸に置いてあるし、物品も揃えてもらっているため、身一つで行っても大丈夫だ。距離も近いので、すぐに駆け付けられる。

牛車に揺られながら、蓮花は懐に入れていた御符を取り出した。

晴明からもらった、蓮花の身に宿る鬼の封じと安産祈願の御符だ。

この後、屋敷に晴明が潔斎のために訪れる。そこで封じられている鬼を浄化させるのだ。そうすれば蓮花はいつでも、お産に向かえる。

浄化させてから出産まで何かあっても対応出来るよう、近くに控えるために晴明は仕事の調整をつけてくれたそうなので、蓮花は心から安心した。

「早くお会いしたいですね……」

蓮花は御符を見て、ひっそりと口にした。言ってしまってから、逢瀬を待つ者のような言い方であることに気付き、慌てて女御様のお産のため、と自分に言い聞かせる。

蓮花の傍に座っていたましろは、そんな蓮花の様子を見ながらにこにこと笑っていた。

「もうし。飛香舎の女御様付の助産師殿か」

突然前方から物々しい声が響き、牛車が止まった。馬と数人の人の気配が聞こえる。

蓮花が御簾越しにこっそり確認すると、役人や検非違使らしき者がいた。

牛飼い童が戸惑った様子を見せたため、蓮花が直接答えることにした。

「ええ。そうでございます」

役人は朗々とした声で言い上げた。

「謎の呪術を使用して、飛香舎の女御様に害を為そうとしている嫌疑につき、御同行願いたい」

「――――え?」

全く身に覚えのない嫌疑に、蓮花は呆然とした。告げられた内容を思い返して、とんでもないと首を振った。

「まさか、何のことですか!?」

このままでは埒が明かないため、御簾を捲り上げる。

「お待ち下さい、何かの間違いでございます！」

御簾を上げきったところ、蓮花の前に一匹の鬼が舞った。紫の色を帯びた、見覚えのある鬼だ。鬼は蓮花を嘲笑うように歯を見せた。

蓮花は愕然として、視線を真っ直ぐ前へ向ける。

役人や検非違使の向こうに、裳付け衣の術者の姿があった。扇を手に、蓮花の方を向いている。間違いない。かの者は。

術者と視線がかち合ったかと思うと、彼は手にしていた扇をぱちり、と閉じた。そして唇を開く。

「彼女の力は産神の祝福にあらず。その正体は鬼を視て、魔に通じる者」

けして大きな声ではなかったのに、その言葉は蓮花の耳にはっきりと届いた。

「お待ちなさい！」

蓮花は顔を歪めて、手を伸ばす。だが、それが届くはずはない。

様々な言葉が胸の奥に渦巻く。

そんな蓮花の心情を知ってか知らでか、術者は背を向ける。彼の動きに合わせてふわりと鬼が舞う。

役人は蓮花の言動に構うことなく言い放つ。

「右大臣藤原師輔様のお達しにより、申し開きの場を与えられることになった。すぐに御同行願おう。これは下知だ」

蓮花は空(くう)を摑(つか)んだ拳を握りしめると、悔しげに唇を歪めて頷(うなず)いた。

「わかり、ました……」

第四章　助産師の鬼祓い

審議は、重要事項を決める内裏清涼殿の殿上の間で行われる。

そのため蓮花の乗る牛車は、大内裏の方へと向かっていた。

「ごめんなさい、蓮花さん……。まさかこういう方法をとられるとは……」

牛車の中で、ましろが耳を垂らして蓮花に謝る。

「晴明様の式として、何かあった時に今度こそ頑張ろうって思っていたのに。相手が術ではなく、このような手段に出るなんて……」

蓮花はましろの頭を撫でた。

「大丈夫よ……まだ嫌疑の段階ですもの」

蓮花は自分にも言い聞かせるように、呟いた。

それにしても、と蓮花は首を傾げた。術者の狙いは蓮花に鬼を潜ませて、女御と御子を害することかと思っていたのだが、それではこの手段をとるのは意味がないのではないだろうか。

「術者の狙いは、私をお産に近付けないこと……？」

女御の依頼から手を引くように告げられた時、彼は蓮花の神がかった力を信じており、安楽に出産させないためと思っていたのだが、本当に蓮花を関わらせないことが目的だったのか。

蓮花は顎に手を当てて呟く。

「占術でもし今夜、女御様に御子様が誕生するとわかって、私をそれまで引き離すことが出来れば、狙いが成立しますものね……」

嫌疑を晴らすのにどれぐらいの時間がかかるのか。蓮花は険しい面持ちで一度瞬くと、ましろに声をかけた。

「ましろさん、お願い。晴明様に、お屋敷に向かえなくなったとお伝え下さい」

「蓮花さん……」

ましろが見上げる。

大丈夫だと微笑もうとしたが、口元が強張って失敗してしまった。きっと泣きそうな顔になってしまっただろう。

「それで、私が間に合わなかったとしても、女御様と御子様を出来る範囲で良いので、助けてもらえたら……」

言いかけて言葉をふつりと切った。

「いえ、祈禱をして頂けましたら幸いです、と」

元はといえば蓮花が持ち掛けたことなので、必要以上に晴明が責任を負わなくて良いように。ただ安子が少しでも安楽にお産を迎えられるよう、蓮花はそう告げる。

蓮花の気持ちを汲んでくれたのだろう。心配そうな表情をしていたましろだったが、一転して真剣な面持ちで頷く。

「晴明様の所に行ってきます。御符があるので大丈夫だと思いますが、蓮花さんも気を付けて」

そして御簾をくぐって、ましろは牛車から飛び出る。

蓮花は牛車に揺られながら、一刻も早く審議が行われて解放されることを祈った。

蓮花が殿上の間に召し出されたのは、日が暮れた頃であった。今上帝の御世から夜にも公事が行われるようになり、殿上の間には右大臣藤原師輔をはじめ、左大臣、大納言、中納言など、ざっと十人以上は揃っていた。

蓮花は罪人ではなく、あくまでもまだ嫌疑の段階であり、その疑いを晴らすための召喚だ。

そのため、縛られることもなく、扱いは藤原家親族の一人として、丁重なものであった。

御殿に立ち入れるのは殿上人と呼ばれる貴族の中でも上の位の者だけ。

蓮花の場合は単独で入ることは不可能だ。そのため、殿上の間の前庭に敷布を用意され、その上に座らされている。配慮として几帳で姿を隠そうとしてもらえたのだが、蓮花は断って扇で顔を隠す程度に止めた。というのも、こちらから向こうの様子が全くわからなくなるのを避けたかったからだ。

人の様子を知るのは声や気配だけでは限界がある。普段から言葉以外の様子も察している蓮花にとって、姿が見える方が得られる情報も増え、次の見通しが立てやすくなるのだ。殿上の間は母屋より一段低く、簀子もない造りになっているため、様子は比較的窺いやすかった。

開いた扇を僅かにずらして視線を滑らせると、幾人もの殿上人らが明かりに照らされてよく見えた。台盤があり、その前後に畳が並べられている。殿上人らはその畳に座っていた。位によって座る位置が定められているのだろう。右大臣は中央近くに控えていた。

「あの奥の間ってもしかして……」

蓮花は目を見張って小さく呟いた。

中央奥に存在する両襖が開いており、御簾がかけられ、その奥に人の気配がある。

清涼殿の内部に詳しくはないが、おそらくこの奥が御座所となっている。

つまり御簾の向こう側に存在している者こそが主上だ。

女御に関わる件ということで、様子を窺えるように設えているのだろうか。

落ち着くために、蓮花はふーっと密やかに息を吐いた。

自分の出来ることを整理する。安子の出産に駆け付けるため、一刻も早く疑いを晴らすことに専念するのだ。

もし晴らせなければ最悪の場合、流刑など刑に処される可能性もある。

そして鍵を握るのが――。

蓮花は無礼にならない程度に、右大臣の方へ視線を向ける。

女御の助産師にと蓮花を推挙した、時の権力者。娘の出産を前に、何としても蓮花の潔白を証明したいはずだ。だが、もしも右大臣が蓮花を切り捨てれば、事態は最悪の方へと向かうだろう。

彼の言動に細心の注意を払って動く。

おそらくそれが、蓮花が疑いを晴らすために出来る最大限のことだ。

最悪の事態を回避し、一刻も早くこの審議を終わらせるべく、蓮花は前を向いた。

審議にあたり、蓮花の身の上について右大臣が一通り述べる。恰幅が良く上背もある彼は、声も太くて朗々と話しているだけで自然と耳に話が入って来る。

産神の祝福を授ける助産師という名は、それなりに有名なのであろう。殿上人らのほとんどは疑いよりも、興味や珍しさから蓮花自身を窺い知ろうとする視線を送っていた。

そして質疑がなされた。生真面目そうな比較的若い男性が、格式ばった声で尋ねる。

「魔に通じているという進言があった。真か」

「いいえ」

蓮花は否定した。妙な言い回しをされても困るので、人を介さずに直接返答をしている。

「女御様に害をなそうとしていると。心当たりはあるか」

「いいえ。断じてそのようなことはございません」

蓮花はきっぱりと否定した。

すると右大臣の隣にいるふくよかな男が尋ねた。

「では、産神の祝福という噂を隠れ蓑に、鬼を呼び寄せて自身の力で祓い、己の名声を高めているということは」

さすがにそれはないでしょう、と周囲の面白がるような声が聞こえた。

蓮花は扇を強く握りしめる。

こちらはいつお産が始まるのかわからないので、焦りばかりが募るのだ。

だが、ここで感情を露わにしては、逆に怪しまれる。

「いいえ」

蓮花は毅然とした声をあげた。

「私からも、よろしいか」

朴訥とした雰囲気の男性が尋ねた。

蓮花がそちらに注目すると、見覚えのある鬼が男の周りを取り囲むように揺蕩っているのが視えた。蓮花は目を見張る。もしやこの男が、中納言藤原元方だろうか。

あの術者と関わりのある貴族なら、もっとあくどい者を想像していたのだが、細身ではないものの右大臣よりも一回り小さい体格で真面目そうな印象を受けた。

だが、この審議の方向次第では蓮花に罪人という烙印を押せるだけでなく、上手くいけば右大臣の信用も失墜させることが出来る。そうなれば、彼の血を引く御子の将来は盤石のものとなる。

そのため、おそらく何としても蓮花を陥れたいはずだ。

蓮花は警戒をした。

「何でございましょうか」

「これは私のとある伝手から聞いた話なのだが、――鬼が視えるのは、本当ですかな」

核心を衝いた言葉に、蓮花の喉が凍る。

「その力があるからこそ、術者である安倍晴明と協力関係にあるのだとか」

やはり、蓮花への嫌疑は彼が発端だったのか。

殿上人の集まる評議の場で、どのような発言があって、どのような経緯で、ここまで連れて来られたのか、蓮花は知る由もない。だが、彼の存在が大きく関わっていることは間違いない。

右大臣が苛々している様子が見えた。

何をしている。早く否定しないか。そういう無言の圧を感じる。

「誤魔化しても無駄ですぞ。我が家に仕える女房の姪が、あなた様が不思議な呪文を唱えたという話を聞いたのですから」

蓮花がそのような行動をとったのは数えるほどしかない。瞬時に初めて晴明と出会った屋敷でのことだとわかった。

厳然とした事実であり、調べれば目撃した証人は複数いる。嘘をつけば虚偽の申告となり、もっと厳しい事態になる。

「それに、ずっと吉凶が悪くここふた月、お産に触れていないというではないか。魔に通じているということではないか？」

蓮花は胸を押さえる。封じられているはずの鬼が、蓮花の中で蠢いたように感じた。

中納言の周りに揺蕩う鬼からか、それとも、蓮花の中にいる鬼からか、あの術者に見られているような感覚に襲われる。

封印を破って身の内に潜む鬼を暴走させられるのではないか、という不安が胸をよぎった。

晴明と引き離された今、もしそうなれば身に宿る鬼を祓ってもらえず、お産に関わることが出来なくなる。

蓮花は扇の下で、唇を引き結ぶ。

認めるしかない。鬼が視える体質であることを。

それでも、女御のもとに駆け付ける気持ちは諦めたくはない。

何とか、この場を切り抜ける方法を見出ださなければ。

晴明にまで嫌疑をかけられるわけにはいかないため、全ては自分の返答にかかっている。

大切なものを守るために。

蓮花は口を開いた。

「私は――」

「申し上げます。こちらをご覧ください」

右手の門が開き、一人の男が庭を通って清涼殿へと現れた。しっとりした香が蓮花の鼻をかすめる。

篝火(かがりび)の加減により、衣服に影が落ちて服装が判然としない。今宵(こよい)は望月(もちづき)なのに雲が切れ切れにかかっており、月明かりも役に立たなかった。

「助産寮にて、此度(こたび)の件に関連した重要な証拠が見付かりました。どうぞこれらに、お目通し下さい」

男が持っていたのは大量の記帳や紙の束であった。

「そんな……」

身に覚えのない証拠に、蓮花の顔から血の気が引く。

誰かがでっち上げたものだ。自分は知らない。

男の登場に、集まっていた者たちは一瞬ざわついた。右大臣は予期していなかったことに、驚愕(きょうがく)の表情を浮かべている。

「どういうことだ」

ほくそ笑む者。風向きが変わることを敏感に感じ取る者。あえて発言を慎む者。

殿上人たちの間にも戸惑いの空気が流れる。

男は指示された通りに、殿上の間に記帳の束を受け渡す。

「ちが……」

蓮花が否定の声をあげそうになった時。

「何だこれは」

記帳を手にした者から不審な声があがった。

「ただのお産に関する記帳や、礼の文ではないか。どこに書いてあるのだ」

蓮花は扇で顔を隠すのをやめて、それらを見た。

明かりで照らされた紙束の中に、独特な系図を記したものが見えた。

それは蓮花が記録した、これまでの経過の記帳、そしてお礼の文の束であった。

「はい。それが彼女の本当の姿を指す証拠でございます」

記帳など紙の束を持って来た男はそう続ける。

「彼女をよく知る者たちが集めてくれた、彼女の本性を表す証拠」

ふと男の声が、聞き覚えのあることに、蓮花は気が付いた。一度気付いてしまうと、焦点があったかのようにはっきりする。

「蓮花の、誠実に頑張った証だ」

男は振り返った。雲が流れたのか、月明かりがその姿を照らし出す。

浅縹色の狩衣。烏帽子から流れる横髪はさらりと麗しく、通った鼻筋や薄い唇は絵巻物のように整っている。目元は憂いよりも優しさを帯びた色をして、蓮花を見つめていた。

それは安倍晴明本人であった。

「どうして……」

蓮花は目を見張る。気付かなかった。

それに晴明の身分では昇殿することは許されていないはずなのに。

晴明は蓮花の方へとやって来て、首にかけていた匂い袋を見せた。

「この香の効力だ。特別な術をかけたこの香で、一時的に彼らに別の者として認知させているんだ。あまり大勢には効かないが、この人数なら……それに殿上人の皆様は俺の顔を知っているわけじゃないからな」

彼は助けに来てくれたのだ。危険を承知で、蓮花の冤罪が晴れるようにと。

女御への依頼も、今の状況も、蓮花が巻き込んでしまったというだけなのに。

胸が熱くなって、心が震えた。

「俺だけじゃないさ。小鞠殿や、伊吹殿も力を貸してくれたよ」

「皆さんも……」

「特に伊吹殿は、助産師を辞めようかと思っていたけど、君の記帳や文を見て思いとどまったんだって」

すると、晴明の言葉を遮るように鋭い言葉が響き渡った。

「安倍晴明……！　やはりそなたらは通じておったのだな⁉」

声をあげたのは中納言であった。

それにより、晴明の顔を見たことがない者も、この男が安倍晴明かと認識していく。

「ちっ、何故奴には効かなかった？」

術が解けたのかと、晴明は舌打ちをした。

「この御符さえあれば、私に怪しげな術など効かぬわ……！」

中納言が袖の下に入れていた御符を取り出した。

晴明は顔を歪める。

「その符の霊力、あの術者のものだな。やはりあの男はお前が雇っていたのか……」

中納言は言い募る。

「騙されてはなりませんぞ！　やはりこの二人は手を組んでおったのだ。だから助けに来たというわけだ」

「お言葉ですが！」

蓮花はまなじりを決して、手にしていた扇を折り畳んだ。

「私は晴明様に安産となるよう、おまじないを教わっただけでございます！」

嘘ではない。晴明の教えてくれたまじないが、蓮花の不安を和らげてくれたのだ。

晴明も畳み掛ける。

「彼女の申した通りです。それに産神の加護を宿らせているのなら、この世にあらざるものの存在を視ることに何の矛盾もありません。陰陽術は陰と陽、清濁両方を司ります。美しい天上の花は泥から生まれるように。彼女は魔が視えているのではない。神聖なものが心にあるのです。そしてその心根は、間違いなくこの記帳や文に表れているのではないでしょうか。彼女が、女御様に害を為すはずがありません」

不思議な心地だった。晴明の言葉はまるで祝詞のように、蓮花に勇気を与える。

「全ては女御様と生まれてくる御子様の御為！」

蓮花は遥か先の御簾にも声が届くよう、はっきりとした声をあげた。

「どうか、女御様のお産に携わらせて下さりませ……！」

たとえ全ての者が敵であったとしても、この国一の至高の存在である主上が頷けば、蓮花は堂々と彼女のもとへ向かえる。

けして蓮花のような身分の者が、主上、と呼びかけることは出来ないが。

「どうか……！」

自分がとんでもなく畏れ多いことをしている自覚はある。

だが、今は賭けに出るしかない。

「なりませぬぞ、主上！　騙されては！」

殿上人のうちの何者かの声が蓮花の訴えを遮るようにあがった。

「なんと無礼な！　誰か、近衛か検非違使を！」

「その者は畏れ多くも主上を謀ろうとしたのだ」

「しかも不敬にもお声をかけるなど……！」

唯一、右大臣のみが極めて冷静な声をあげる。

「待つのだ。今の発言だけでは、主上に向けた言葉と断定は出来ぬ」

門が再び開き、それまで控えていた検非違使が姿を現した。

「申し上げます！」

そこに鋭い声が聞こえたかと思うと、検非違使の後ろから従者らしき男が訪れた。

「右大臣様に五条の御屋敷から急ぎの報せが」

沓脱の端に身を置いた従者のもとへ、右大臣が向かう。従者がこっそりと何かを伝えると、右大臣がはっと目を見張って蓮花の方を向いた。

その表情で蓮花は瞬時に悟った。安子が産気づいたのだ。

このような謀に嵌められて、彼女との約束を反故にしたくなかった。

どうせ嫌疑が晴れないのなら。

蓮花は少しずつ足を引く。門までの距離をはかるため、視線をそちらへ向けた時。

動きを察したかのように、検非違使が後ろから蓮花の肩を強く引いた。

「お前はこちらへ来るんだ。安倍晴明共々一度ここを退き、刑部省へと身柄を送る」

「そんな……！」

蓮花は声を上げかけ、ふとその検非違使の声に聞き覚えがあることに気付く。

もう一人の検非違使が晴明の方を捕らえている中、背後の検非違使が囁いた。

「隙を見て、俺を振りほどいて行け」

「……兄様……？」

口元が見えないよう袂で押さえつつ、蓮花は小声でそっと呟く。

蓮花の兄であった。偶然であるはずがない。検非違使らの伝達から蓮花のことを聞き及び、ここまで駆け付けたのか。

蓮花は躊躇った。その通りにしてしまうと後々に、兄に逃亡の手助けをした嫌疑がかかってしまう。

藤原家の養女になるという話が出た時、蓮花の身の上にもしも何かあれば、最善を尽くすと言っていた兄の言葉を思い出す。

ありがたさと申し訳なさで、胸がいっぱいになった。

蓮花は心の中で詫（わ）びて覚悟を決める。そして手にしていた扇に力を込め、振り返って兄の顔面に投げつけた。

「ぐわっ」

投げた扇は額に炸裂（さくれつ）し、兄は呻（うめ）いてうずくまった。扇は地面に落ち、紐（ひも）が切れてばらけるように壊れた。周囲を騙すため、ありったけの力を込めたのだ。殿上の間に先程と異なるざわつきが起こる。

「おい、大丈夫か！」

突然のことに晴明を捕らえていた検非違使の意識が逸（そ）れた。その隙に晴明は蓮花の腕を掴（つか）むと清涼殿の表口である門へと向かう。

「こっちだ！」

蓮花は心の中で兄にもう一度詫びながら、振り返ることなく走り出した。

清涼殿から内裏の敷地(しきち)を走って門を抜け、大内裏を東に駆け抜ける。後ろから追手の声が響いていた。

「晴明様！　蓮花さん！」

ましろが大きく跳ねて出現した。そのまま並走しながら、声をあげる。

「私がお力になれることはありませんか!?」

晴明は視線を向けると、一つ頷いた。

「蓮花、髪を一筋もらえるか？」

「は、はい！」

蓮花は髪を手櫛(てぐし)で梳(す)くと、晴明に渡す。

晴明も自身の横髪を千切るように引き抜く。

そして塀の陰で立ち止まると、懐に入れていた式符にそれぞれ結び、ましろに託した。

「これを持って俺たちと別方向へ逃げてくれ。追手の目には俺たちの影に見えるから、ある程度の時間は稼げるはずだ」

「わかりました！」

ましろは口で式符をくわえる。

「ましろさん、ありがとう……どうか気を付けて」

　ましろは耳を揺らして頷く。そして白い体軀は蓮花と晴明から離れ、闇夜に駆けて行った。

「こちらは隠形の術をかけるから、出来るだけ息をこらして。術が効くよう俺の腕を掴んで離さないように」

「わかりました」

「オン・マリシエイ・ソワカ」

　晴明は両手の人差し指と親指を立て合わせて印を組み、隠形の術を唱えた。この術の効力により、二人の姿は人目に認識をされにくくなる。ただし、あくまでも意識出来ないようにするだけであり、物理的に消えるわけではない。呼吸で徐々に外気を取り込むことにより効力は消失していく、言わば一時しのぎである。

　それでも充分に効果はあり、蓮花と晴明は大内裏の門を抜けて敷地の外に出ることに成功した。

　篝火が遠くなり、暗闇に紛れた二人は立ち止まった。

「香はやはり苦手だな。結局あまり役に立たなかった」

　晴明はそう呟いて、鬱陶しげに匂い袋を首から外した。

「助けに来て下さって、ありがとうございます。そして巻き込んでしまって、ごめんなさい」

蓮花はまだ言えていなかった礼と謝罪を伝える。追い詰められていたので、彼が現れたことに本当に救われたのだ。

晴明は気にしなくていい、と柔らかく答えた。

「今さらだ。言っただろ。君を護る（まも）って。護りきれなかったのは俺の落ち度だし、俺が自分の意志でやりたいって思ったことを謝らないでくれ」

そして晴明は周囲を見回した。

遠くの喧騒（けんそう）は聞こえるが、まだすぐに追い付かれることはないはずだ。月明かりが夜の小路（こうじ）を照らしており、この分なら、たとえ松明（たいまつ）がなくとも都を駆け抜けられるだろう。

晴明は蓮花の方を向いて尋ねた。

「大内裏は抜けられたけれど、これからどうしたい？」

晴明の問いかけにはいくつもの可能性が含まれていた。

五条邸に行くだけではない。このまま、都を脱出して逃げることも出来るのだ。

けれど蓮花の答えは決まっている。

「私は、女御様のお産に向かいます」

蓮花はその瞳に決意を浮かべながら返答した。

安子に名前を教えてもらった時、最後まで付き添ってほしいと言われたのだ。

蓮花はそれに応えるだけだ。

「罪人の嫌疑をかけられたまま、何もかも放り出して逃げたくはないです。女御様のお産みになる御子様を、必ず取り上げる覚悟です。その後でこの身柄がたとえ刑部省に送られたとしても、無実を訴えて戻って参ります」

揺るぎない蓮花の声に、晴明は口角を上げる。

「その覚悟、聞き届けたぞ」

晴明が手をかざす。

「ノウマク・サマンダ・バザラダン・カン！」

その瞬間、蓮花の内側から、清浄な気が全身へと流れた。髪や布がふわりとなびく。

蓮花の体内にいた鬼が浄化されたのだ。そして晴明の霊気が宿っているのを感じた。

初めて憑依（ひょうい）された時は気付かなかったが、今ならばこれを伝って晴明が意識を蓮花に宿していたのだとわかる。

鬼が浄化されたことに、蓮花は自身が思っていた以上に安堵（あんど）した。晴明を信じる気持ちは揺るがなかったが、やはりあの術者の呪いという言葉が心のどこかに影を落としていたのだ。

晴明は人差し指を立てた。

「考えがある。蓮花は逃げずに済み、かつ全てを解決する方法が」

「そのような方法、あるのですか⁉」

蓮花が驚いてそう口にした瞬間。

「まったく、あの場から逃げ出すなんて」

築地塀(ついじべい)の上から声が聞こえて、蓮花はぎょっと足を引いた。塀の上に人影が見える。

例の術者の姿であった。

月明かりで、化粧をした面立ちがはっきりと照らし出される。

「向こうから来てくれるとは、捜す手間が省けた」

晴明は術者の姿に、覇気のある笑みを浮かべた。

「こいつを捕らえて役人に突き出す。そうすればこちらの無罪が証明される。以上だ！」

簡潔とは言い難(がた)いが、明瞭な手段だった。

蓮花は自分たちを今の状況に陥れた術者を、険しい面持ちで見上げた。

「どうしてここに……私の中にいた鬼を追って来たのですか」

「あなたの居場所など、鬼がおらずとも髪一筋さえあればわかります」

術者の答えに、晴明は心底嫌そうに顔をしかめた。

「嘘か本当かわからないが、気持ちの悪いことを言うな」

「これは失敬。ふふふ。まあ、あなたはそれを上手く利用して、追手を欺いているようですが」

そして術者は、蝙蝠という夏用の扇をはらりと開く。

「女御様のもとに参るなら、あなたを通すわけにはいきません。占術によると、あなたが行くことにより、今後の東宮、いえこの国の在り方が左右されるようなのです」

術者の言葉に、蓮花は目を見開く。

「……っ⁉」

「何故蓮花を狙う？　それならば女御様を狙った方がよほど効率的では？」

晴明の疑問に、術者は軽く扇を振るう。

「后を狙えば大罪となりますが、あなたを狙っても大した罪にはなりませんからね。それに身籠っている最中に魔に通じる者と関わりを持っていたとなれば、生まれた子は男であれ女であれ、穢れを持った子とされるでしょう。ましてやそれが助産師となれば、素質そのものが帝に相応しくないとされる」

生まれた子の素質は胎内にいる時に決まると言われている。

徳の高い行動や言動を心がけ、下賤の者と関わってはならない。そう言われているのだ。

もしここで蓮花を罪人として仕立て上げることが出来れば、蓮花と関わった安子の御子は男であれ女であれ、それを理由に東宮の座から退けることが出来るだろう。そうすれば必然的に、元方の娘の産んだ子が立太子されるのだ。

「だからわざわざ、私にそのような嫌疑をかけたのですね」

「手段は一つじゃない方が、成功する可能性は高まります」

「保身に走っているあたりが絶妙に腹立つな」

晴明の言葉に、術者は扇を口元に当てて、小さく呟(つぶや)いた。

「おや、残念ですねえ。呪詛(じゅそ)で死ぬより罪人となり流刑となった方がましかと思い、摘発して差し上げたのに」

そして蓮花に微笑(ほほえ)みかけた。目元しか見えないので、本当に微笑んでいるのか判別はつかないが。

「それなのにあなたは、この期に及んでも人の命を助けることを諦めませんね。まあ、そうすると思っていましたが。もう覚えていないかもしれませんが、ずっと昔、道で倒れていた私に憑いていた鬼を、あなたが扇で追い払ってくれたことがあったのですよ。それを見て、私は鬼を従えることを思いつきました」

「え……」

蓮花は思わず声が漏れた。倒れている者に食べ物を分けたり、声をかけたついでに鬼を払ったりしたことは昔から幾度もある。その中に彼がいたのだろうか。

蓮花は記憶をたぐる。けれど、どの者なのかどうしても思い出せなかった。

「その芯の通ったところは、感服に値します。これでお会いするのが最後になるかもしれないので、敬意を込めて、あの時言えなかったお礼は伝えておきますね」

術者は蓮花を見下ろしながら、笑みを含んだ声音で告げた。

しかし晴明の声がそれを遮った。

「あいにく、その言葉をお前が言うには遅すぎたな」

ほんの微かに、術者の表情が引き攣る。

「依頼主にも、敵であるあなた方にも、こんなにも誠実な私に対して、性格の悪さが滲み出ていますよ。口の利き方には気を付けたらどうです？」

「お前こそ誠実の意味を今すぐあらためて来い」

この場に流れる不穏な空気の中、蓮花は術者と視線を合わせた。

術者としてではなく、彼自身の本来の姿を見抜けないかと。けれど、扇と化粧と笑みで覆われた彼から、それを窺い知ることは出来なかった。

もしも蓮花が彼のことを覚えていたら、今の彼に何か告げることは出来ていただろうか。

蓮花は一呼吸すると、前に進み出た。

「あなたのこと、覚えていなくてごめんなさい」

術者が過去に放った言葉が蘇る。

『それが道に捨て置かれた子どもだったら？　人を殺せる力を持っていたら？』

きっと彼自身もそんな存在だったのだ。

そしてその時に返した答えは、今も蓮花の中で変わることはない。

「だから一つだけ教えて。あなたの名前は？」

蓮花の視線が、術者を真っ直ぐに射貫く。

「聞いて何になりますか？」

「私があなたのことを忘れないために、です」

するとそれまで一切余裕を崩さない笑みを浮かべていた術者の表情が、僅かに変化した。

軽薄な雰囲気が影を潜め、真面目な面差しになる。それまでと少し質の違う瞳で、術者は蓮花をじっと見た。そして口を開く。

「……道摩法師。鬼使いの陰陽師、と呼ばれております」

やはり、晴明の推測していた通り、彼は法師陰陽師であったようだ。

「わかりました。いつか術者ではない、本当のあなたと向き合える日が来ることを祈ります」

　道摩の口から、微かに嘲笑を含んだような吐息が漏れた。

　すると晴明が蓮花の前に進み出て、庇うように左手を広げる。

「蓮花、行け。この男は俺が捕らえる」

「でも……！」

　蓮花は心配を帯びた声をあげたが、晴明は言い放つ。

「どうせ生きているなら、命を救うことに使いたい。君みたいに。だから今は前だけを向いて走れ！」

　蓮花が覚悟を決めているように、晴明も心に決めたのだ。

　それが伝わり、蓮花は拳を胸元で握り締める。

「……どうかご無事で」

　晴明の声に背中を押されるように、蓮花は駆け出す。向かうは五条邸へ。

　去って行く蓮花の後ろを守るように、晴明は立ちはだかった。

「これ以上お前に邪魔はさせない」

道摩は傲然と晴明を見下ろす。

「これでも私は彼女を追い詰めるよう命を受けた時、せめて命は奪わずに済む方法を行ったのですよ？」

「鬼に襲わせて彼女の大切なものを奪おうとして、か？」

腕の中で、悔しさを滲ませた蓮花の涙を思い出し、晴明の瞳は鋭さを増した。

「命よりも大切なものなんて、ありはしないですからね」

晴明の過去を皮肉るように、道摩は返した。

そして蓮花の走って行った先を見通すように、そちらへ一度視線を向けた。

「あなただって、彼女と国の命運の関わりに勘付いていたのでしょう？　彼女は遅かれ早かれ、権力者に利用され、疎まれる可能性が高い。権力者だけではなく、我々すら手の届かない領域の存在にも」

その言葉に、晴明の脳裏に精神世界で見た花の存在が蘇った。

あの花の正体に、晴明は気付いていた。いつか蓮花に伝えようと思っていることだ。

道摩は左肩に流していた髪を、後ろへと大きくはらった。

「だから決めたのですよ。生命を象徴する水面に咲く、その美しい花の名を真にした君よ。あなたを罪人に仕立てあげ、あなたの命を救うことにしましょう、とね」

道摩は蠱惑的に微笑む。その笑みは仮面のようで、どこまで本心かわからない。

ただこの者の行うことを、晴明は到底受け入れることが出来なかった。

怒りと苛立ちが胸の奥で渦巻く。

「確かに蓮花は、女御様と関わりを持ってしまった。その名はこれまで以上に知られ、誰にお産の介助を請われてもおかしくはない。彼女がいなければ、助からない命もあるかもしれない。絶対に諦めない心を持っている彼女だからこそ、人の命運を左右してしまうのかもしれない。けれど」

その反面お産で人が亡くなってしまう恐怖だって抱えていることを、晴明は知っている。

並大抵の精神力では出来ないことも。

「……ただ純粋に人を助けたいと願う心が、蓮花の助産師としての誇りが、踏みにじられていいわけがないだろう！　蓮花を罪人にさせるものか！」

晴明は指で印を結ぶと、道摩に焦点を当てて右手を突き刺すように、踏み込んだ動きで術を放った。

「サラテイサラテイ・ソワカ！」

空気が震えて、鞭のように道摩を襲った。道摩は素早く身を翻して、地面へと飛び降りる。

直後、風を切る鋭い音が響いた。もしあの術に当たっていたら、衝撃は凄まじいものであっただろう。

「殺す気でやってきましたね！　さすがは、幼い頃からその手を赤く染めただけある！」

「殺したら死人に口なしになってしまうからな。加減はしている」

道摩の挑発に、晴明はそう切り返す。そして道摩の足元を一瞥した。

「その沓で、随分と身軽だな」

高下駄の一種だろうか。道摩が履いているのは、踵の高い黒塗りの沓だった。

「慣れればどうってことありません。それにこの沓は……」

晴明は道摩の言葉を最後まで聞くことなく、すぐに次の動きへと移る。

「オン・マリシエイ、怨敵退散」

指で弾いた空気が震えて、衝撃波が道摩を襲った。道摩は扇をひらめかせて、相殺する。

そして道摩は指を虚空へと伸ばした。

「臨・兵・闘・者・皆・陣・列・在・前！」

横線と縦線を交互に引き、四縦五横印を完成させる。

引いた印の光の軌跡が、晴明を捕らえようと網のように飛ぶ。

晴明は瞬時に五芒星を引いて結界を張ったが、光が分裂したかと思うと広範囲に舞い、無数の鬼として四方から襲い掛かってきた。

すぐさま迎え討とうとした矢先、晴明の両手に弾かれたような衝撃が走った。

道摩は大内裏のある方角に視線をやった。

「ああ、私の式である鬼子があなたの式を捕らえたようです」

ましろに託した術が強制的に解かれたのを晴明は感じた。

その隙に鬼が晴明の手足に一斉に群がる。触れられた箇所から力が抜けていく感覚が走り、晴明は思わず膝をついた。

「一体どれだけの鬼を操っているんだ……！」

道摩は地を蹴って一息に距離を詰める。

「先程言いかけたこの沓なのですが」

晴明が地面に触れた右手を道摩は見下ろしたかと思うと、次の瞬間、足の踵で勢いよく踏みつけた。高い踵からの圧が集中してかかり、手の甲に灼熱の痛みが迸った。

「……っ！」

衝撃に、声にならない叫びが晴明の口からこぼれる。

「こういうことも出来るんですよ。前回のようにやられたふりをして、術を完成させるような真似はさせませんよ」

道摩は口元に勝ち誇った笑みを浮かべながら、踵で踏みにじる。

「まったく、同じ人間のもとにいたのに、上手く保護されて過去がなかったかのように振る舞うあなたを見ていると、とても不快ですね」

道摩は扇で晴明の顎先を持ち上げる。

晴明は痛みから意識を逸らすように、喉から声を絞り出した。

「……言いたい、ことは、……それだけか？」

見上げた道摩は、どれだけ欲しても手に入らなかったものを憎む目をしていた。

羨ましい。妬ましい。そんな感情を孕む、目。

晴明は鬼を弱体化させられないかと霊力を腕に込めたが、踏みしだかれ、鬼に力を吸い取られた手足は、一切言うことを聞かない。

道摩は扇を持っていない方の手を伸ばした。

鬼の式が、手の上に乗った。そこにはましろに託した、蓮花と晴明の髪を結んだ符がある。

痛みで思考が途切れそうになる中、晴明は顔を歪める。ましろは無事だろうか。

式としての存在が消滅した感覚ではなかったのだが。

道摩は晴明の髪を結んだ符を手に取った。

「さようなら。これ以上私の邪魔をしないよう、あなたが蓮の君を忘れて二度と近付かないことを祈ります」

人の体の一部があると、術は効力をより強く発揮するのだ。

晴明は歯嚙みした。

ずっと消えない枷が、晴明の中にはあった。

何度、師匠からもう大丈夫、良いんだよ、と言われても心は暗いものに囚われていた。

けれど。

──あなたは誰よりも人の心に寄り添える陰陽師です

そう真っ直ぐに告げられた言葉。

その一言が、嘘みたいに綺麗で。泣きたくなるほど温かくて。

だから晴明は、忘れるわけにはいかないのだ。蓮花にもらった言葉を、想いを。

あの早咲きの花が咲く月夜にもらった大切なものを。

「そうは……させるか……！」

すると、突如として靄のような小さな白い体軀が、道摩の傍らに出現した。それは道摩の動きを封じるように飛びつき、手に絡みついた。

「っ⁉」

道摩の意識が一瞬逸れる。

晴明は霊力から、その靄がましろだと気付く。その隙を見逃さなかった。

「――安倍晴明、我願う」

道摩ははっと目線を下に向けた。しかし晴明は唇を動かし、祝詞を紡ぐ。

「我誓う。我護る。我、己の心に背かぬものなり…………！」

次の瞬間、晴明の霊力が溢れんばかりに迸った。霊圧に押されて鬼らが一斉に散り散りになっていく。突風に弾かれた道摩は、築地塀に叩きつけられた。

「……これは」

道摩は顔を引き攣らせた。

「俺は引き取られてから、霊力を師匠によって意図的に弱められたんだよ。それは俺にとっての戒めでもあった」

晴明はゆっくりと立ち上がる。

「何故……利き手を封じたので、術を完成させるのは不可能なはず……」

「師匠に話をつけて、このふた月で弱められた霊力の解呪のために準備をしていた。あとは俺自身が、祝詞を唱えるだけだった」

この封印は、晴明を守るために施されたものであったが、同時に晴明からすればかつての罪の証だった。そのため、晴明自身が本当に必要な時に唱えるようにと言われたのだ。

「お前を捕らえてこちらの信用を取り戻さないと、蓮花がもう二度とお産の仕事に関われなくなるかもしれない。そんなのこの世の損失だからな……！」

晴明は左手で剣印を組むと、再び襲ってきた鬼を気迫と共に横に薙ぎ払う。

解呪したばかりの突風のように吹きつける霊力で、鬼を容赦なく散らした。

そして道摩の方へと向き直った。

だが、先程道摩に踏まれた右手は痺れており、動かない。両手が使えないと、術を完成させることが出来ないのだ。

その動きを見抜いて、腕を塀について立ち上がった道摩が一瞬口の端を吊り上げた。

そして手にしていた扇を再び掲げる。

刹那。

「オン・サラサラ・バザラ・ハラキャラ・ウンハッタ！」

その声と共に、道摩の動きが何者かの霊力に絡めとられた。

同時に晴明の右手が、その声の主に握られる。

「大丈夫だ！」

「保憲……!?」

たった今傍（そば）に駆け付けたのであろう保憲は、大きく息をしながら晴明の肩に手を添え、もう片方の手で晴明の右腕を包むように支えていた。

「お前は自分の護りたいもののために、力を振るえ！　俺はそれを支える！」

強風吹き荒れる中、保憲は声を張り上げる。その言葉は晴明に真（ま）っ直（す）ぐに届く。

「ああ……、その覚悟だ……！」

晴明は道摩を見据えた。

そして晴明は右の指を左で絡めるようにして手を組むと、突き刺すような痛みに耐えて、真言を放つ。悪鬼を調伏し、同時にあらゆるものを救済する慈悲の働きを表す真言を。

「オン・バザラ・ダルマ・キリク！」

そして軋（きし）む右手を握り込んで、剣印を縦に切る。

「急々如律令（きゅうきゅうにょりつりょう）――――！」

「この男は俺が引き渡しておくから、お前は蓮花殿を追って行ってこい」

術を正面から受け、気を失った道摩の様子を確認しながら、保憲は晴明に告げた。

意識はないものの呼吸はしており、いずれ覚醒するだろう。検非違使（けびいし）に引き渡すのならば今のうちだ。

「……てっきり、向こうに行っているかと思っていた」

晴明は息を整えながら、右手を慎重に開く。重く痺れるような痛みが走り、外も内も出血を起こしている。だが、幸いにして何とか動く。

「そちらは父上が行っているからな。俺は一介の陰陽博士にすぎないので、こちらへ来ることが出来たんだ」

「何故ここがわかった？」

「いつでも傍に行けるように、晴明の居場所ぐらい瞬時にわかるさ。まあ本当は、霊力の渦が遠くの方から視えたからなんだけどな！」

そして保憲は晴明の表情を見て、首を傾げた。

「もしかしてこいつに、辛いことでも言われたか？」

晴明は何を今さら、と口元に苦い笑みを浮かべた。

「いや。ただ、もしかしたら俺も、この者と同じ道を歩んでいたかもしれないと思っただけだ」

「……それでも晴明は俺や父と出会って、今と同じ立ち位置にいたと思うぞ」

保憲の言葉には絶対の自信と信頼があった。

「晴明はさ、前に自分は俺や父の手足になれればって言っていたよな。でも、俺だってお前を支えたいって思っていた。蓮花殿のために前を向いて、自分の願いとして術を使うと決めた今だから言うな。お前とはずっと対等で、俺の大事な家族だよ」

「……知っていた。きっとそう考えているだろうなと」

自分を見守ってくれていた兄弟子の言葉はいつだって真っ直ぐで、一時期はそれが辛くなる頃もあったが、今はもう苦しくはなかった。

保憲が懐から取り出した薄布を受け取ると、晴明は右手の傷を覆うようにぐっと巻き付けた。

そして意識のない道摩の方へ近付くと、何かをすくうように両手を胸の前で広げた。

「ましろ」

するとうさぎの形をした靄がふわりと飛び、晴明の手の上に乗った。

「この子は……」

保憲は瞠目する。

道摩に一矢報いるため、霊力を使ったのだろう。手の上にいるましろは、淡く透き通った姿であった。

「きっと大丈夫だ。回復するさ。なにしろ半分は蓮花の思念で出来ているからな」

晴明は手の平から霊力を注いだ。少しずつ姿が浮かび上がる。目は閉じていて、いつものように覚醒するまでまだしばらくかかりそうであった。

ましろが蓮花のことで、歯がゆい思いをしていたことは知っていた。

おそらく、鬼に式符を奪われた瞬間、咄嗟に式符へ乗り移ったのだ。そして、呪をかけようとした道摩へと一矢報いた。

晴明は労わるように淡く微笑むと、ましろを袂へ入れた。傍にいることで霊力を補い、きっと回復するだろう。

「驚いたな。この鬼、術者が意識を失っても単独で動くのか」

保憲は鬼を吸い込まないよう袖で口元を覆いながら、周囲にちらちらと浮遊する鬼を鬱陶しげに手で払った。彼の目には靄をまとったものが揺蕩って見えるのだ。

「従えているのは本当のようだな。自分で一から編み出した式ではなく、元々自然界にいるのを術で変異させたのか……」

「う……」

倒れ伏していた道摩が、微かに呻き声をあげた。

晴明は膝をついた。と、道摩が微かに唇を動かしていることに気付いた。

「れん、か……」

その手元にあったのは晴明の髪を結んだものとは別の符。

瞬間、道摩の体から残った霊力が立ち昇る。

晴明はすぐに符を取り上げて破ったが、間に合わなかった。

「しまった……!」

道摩が持っていたのは、蓮花の髪が結びつけられていた符であった。

晴明は五条邸のある方角を向いた。


五条邸へ走っていた蓮花だったが、小路のそこかしこから追手の声や足音が聞こえていた。

蓮花たちが内裏の外へ逃げたのは、既に気付かれているようだ。

真っ直ぐに進めば内裏から徒歩で一刻半（四十五分）もかからない屋敷なのに、隠れて小路を選びながら進んだせいか、普段よりもずっと時間がかかった。

蓮花の嫌疑は女御の耳に届いているだろうか。たとえ五条邸に着いたとしても、果たして通してもらえるだろうか。

「いたぞ!」

回り込まれたのだろう。正面から検非違使らが現れる。

後ろを振り返ると、馬に乗った別の追手もいる。

周囲は塀に囲まれており、逃げる所はない。蓮花は築地塀に背中を押し付けた。

あともう僅かであったのに。

検非違使たちが近付いて来た。煌々と松明が燃え、辺りを照らす。

蓮花は観念してまぶたを閉じた。

「この私の手を煩わせるとは、余程の痴れ者よ」

聞き覚えのある朗々とした声に、蓮花ははっと顔を上げた。

「……右大臣様……」

清涼殿にいたはずの右大臣が、検非違使が引く馬上から蓮花を見下ろしていた。

もう切り捨てられたと思った。疑惑を晴らすために召喚された場を、自分たちのせいでめちゃくちゃにしてしまったのだ。

それに蓮花たちを切り捨てなければ、右大臣自身が今回の責を問われるからだ。

「さあ、早く娘のもとへ急ぐのだ」

「え………」

思わぬ言葉に、蓮花は礼儀も忘れて思わず声が出てしまった。

「でも、疑いのある私はもう……」

右大臣は眉をひそめた。

「出来ぬと申すのか。それとも本当に、魔に通じており害をなそうとするつもりなのか」

「とんでもないです。ですが、私は……必ずしも安全なお産を保証する力はございません」

すると呆れたように右大臣は口を開いた。

「そなたが神のような力を持つから指名したとでも思っておるのか？」

蓮花は目を見張った。

「違うのですか……？」

「簡単に切り捨てるのなら、わざわざ四条御息所の養女に迎える差配などしない」

ふっと右大臣は口角を上げて笑う。

「腕のある助産師で娘も信頼しているから、疑いを晴らそうと思ったまでよ。まあ、逃げてしまったから失敗してしまったがな」

「う……誠に申し訳ありません……」

蓮花は心の底から申し訳なく思った。

そして彼の気風は紛れもなく安子と通ずるものがあり、蓮花はまざまざと血の繋がりを感じた。

右大臣は馬に乗って、先導する。蓮花を取り囲んだ検非違使らは、右大臣に直接雇われた者たちなのだろう。皆、粛々と付いて行く。

「そなたの考えなど私には関係ない。命じるのはただ一つ。飛香舎の女御の御子を取り上げることだ。お産のことは我々男どもにはまったく手の届かない未知の領域よ」

蓮花も静かに付いて、歩を進めた。

「言っておくが嫌疑は晴れたわけではない。楽観するな。今はただ、若宮様が健やかにお生まれになるよう職務を全うするように」

「子は授かりものでございます。若宮様か姫宮様か、わかりません。ですからどうか……」

命を懸けて産むのだ。どちらが生まれても、尊い命なのだと蓮花は告げようとした。

「若宮様だ」

きっぱりと非情ともいえる声が響く。

蓮花の顔が強張りそうになる。

「生まれて来る御子はきっと若宮様だ。私は以前、他の者らの前で生まれる子が男であれば、双六の賽の目が六を揃えて現れる、と宣言したのだ」

蓮花は瞬いた。

「双六の……？　願掛けをされたということですか」

「ああ。結果は見事に六が揃った。だからきっと若宮様だ。ふはは、あの時の中納言の青ざめた顔よ」

「……左様でございましたか」

そうやって中納言を煽ったのが全ての元凶ではなかろうか、という考えが蓮花の脳裏に一瞬よぎったが、今は言っても仕方ないと心の内に留めた。

「だから、もし姫宮様であったならば、神のせいでも娘のせいでも、もちろん助産師のせいでもない。私の行いが神に見透かされたのだ」

蓮花は顔を上げた。だから何も気負うなということか。

彼が若宮を望んでいるのは紛れもない本心だろう。

全ては外戚として力をつける己の野望のため。

男児を望む考えは変わらない。けれど責は全て自分が背負うということだ。それがこの国の政務を取り仕切る者が持つ豪胆さだ。

蓮花は呼吸を整えた。もやもやする思いが完全に消えたわけではないが、気持ちを切り替える。今、自分が出来ることは、彼女との約束を守ること。

安子に付き添い、生まれてくる御子を取り上げることだ。
周囲が何を願っても、お産は待ってくれない。
蓮花らは五条邸の門をくぐった。
不意に衣の中に潜めていた御符に衝撃が走った。
「何……？」
蓮花が確認のため御符を取り出すと、もらった御符は無惨に破れていた。
視界の端にちらちらと紫の炎が映り、蓮花は周囲を素早く見回した。
目をやると、蓮花の周りに次々と鬼が出現している。道摩の操る鬼だ。
蓮花は息を呑んだ。
「そんな……」
晴明の身に何かあったのだろうか。
検非違使の大半は門前にて待機している。
右大臣は馬から下りるため、従者らの意識はそちらを向いている。
この異変に気付いているのは、蓮花だけだ。
『蓮花、聞こえるか？』
脳裏に響いて来た声に、はっと蓮花は目を見開いた。

心の中で急いで応えた。

『――晴明様！』

『道摩を捕らえたが最後に放たれた術で、君の周囲に鬼が出現している。建物内部は陰陽頭（おんみょうのかみ）を始めとする術の効力が満ちているから、すぐに入ってくれ。そして終わるまで、何があっても絶対に外には出るな』

晴明自身は無事であることを感じ、それに関してはほっとする。

『私は、お産に携わって大丈夫でしょうか……？』

周囲の鬼を視（み）ながら、蓮花は尋ねた。

『俺が護（まも）るから、蓮花は自分の思ったとおりに動けばいい。内裏に連れて行かれるのは予想外だったが、鬼をけしかけられることは予想していたからな』

晴明の霊力の残滓（ざんし）が、立ち昇る。それが蓮花を護ってくれているかのようだ。

『……ありがとうございます。晴明様。この御恩は必ず……！』

「いかがした」

馬から降りた右大臣が、蓮花の方を見やる。

奥から右大臣の戻りを大急ぎで出迎えた家令が目を見張った。

「殿！　そちらの御方は……」

沓脱の所で、蓮花は凛とした声をあげる。

「助産師の者です。女御様のお産の介助のため、ただいま参りました！」

屋敷内には右大臣の親族、僧都、陰陽頭、典薬頭などそうそうたる顔ぶれが揃ってい
た。

おそらく蓮花の件を聞き及んでいる者もいるだろうが、彼らと鉢合わせすることはなく、
白装束をまとった女房に先導されて蓮花は対屋へ向かった。

庭や建物の周囲には、鬼を退けるための弓の弦打ちである鳴弦の準備がなされていた。

対屋からは安産を願って、女房らがまじないとして米を撒いたり土器を割ったりする音
が聞こえる。

北の廂に通された蓮花は、素早く用意をしていた白い袿と袴に着替えた。

これが蓮花の正装だ。身を包むと、いつも背筋が伸びるような緊張に包まれる。

髪を元結し、準備が整うと、女御のいる産室に向かった。

白木の御簾をくぐる。そこは白綾面の屏風や几帳を始め、全ての調度品が白に統一さ
れていた。

安子は単衣姿で、御帳に囲まれた白綾縁の畳の上にて、介助する女房の肩にもたれて

いる状態であった。

傍にいる女房は体を支える者、胡粉と銀泥を散らした白い扇で風を送っている者、安子の流れ落ちる汗を拭いている者、明かりの調整をする者、腰をさする者、それぞれが慌ただしく己の役目に勤しんでいる。

陣痛の感覚がもう短いのだろう。安子は眉間にしわを寄せて、呼吸を整えようと必死だ。だが、蓮花に気付いた安子は視線を向けると、微かに目を細めた。

「……待っていたぞ」

本来ならば話す余裕もないであろうに、大した精神力だ。

蓮花は一度平伏すると、進み出て彼女の傍に膝をついた。出産が進んでいる時特有の、重みのある香りがした。

「お待たせして、申し訳ありません。必ずや、御子様を取り上げます」

きっと蓮花が来なかった時の場合に備えて、他に取り上げる女房もいたであろうに、誰も蓮花が行うことに異を唱えなかった。

今までの安子と蓮花のやり取りを、間近で見ていた者たちばかりだったからだ。

蓮花は清めの水を手に擦り込んでしっかり乾いたのを確認すると、安子の単衣の裾から手を入れた。そして子宮口の開き具合を指で確認した。

全開とまではいかないが、かなり進んでいる。

ふと、さらついた温かい水分が流れてくることに気付いた。破水が始まったのだ。

蓮花は手を桶の水で洗うと、安子の手に触れた。

安子が陣痛の波に呻く。

「呼吸をゆっくり行いましょう。呼吸に集中することで、体の緊張が緩んで、痛みが少しでもましになりますからね」

以前に伝えたように、蓮花は告げる。

蓮花は安子の右側に回り込むと、握り拳で腰から臀部にかけてぐっと押した。

「じょ、助産師殿……？」

女房の一人がぎょっと目を向けたが、蓮花はかまわずに力をかけて押す。

「よい……蓮花に、任せよ……」

微かに安子の呼吸が和らぐ。

呼吸に合わせて摩擦や圧迫を行うことで、産痛から意識を逸らし、緊張を取り除くことにも繋がるのだ。

そして他の女房に手の親指と人差し指の間のツボと、足首内側のツボを押すよう伝えた。

痛みを強めずに子宮の収縮を促す作用があるのだ。

いきみたいようだが、まだもう少し先だ。いきむのが早いと、産道が狭くなってしまう。

「女御様、もっと寄りかかって頂いてかまいません」

「ああ……」

痛みのあまり、混乱するかもしれないと不安がっていたが、一度経験しているというのも大きいのだろう。蓮花の声掛けに安子は辛そうな表情を浮かべながらも、素直に頷いた。

出産は座り産で行うことが多い。児が下りやすく、力をかけられるが、体勢を保つのに負担がかかりやすい。そのため体勢を整えることも、お産の進み具合を見ながら慎重に行わなければならないのだ。

一人の女房が蓮花に告げる。

「産湯の用意は出来ております。もういつお生まれになっても大丈夫です」

出産は妊婦と助産師だけでなく、皆の協力があってなされる。皆の願いと確かな協力によって、命は生まれるのである。

蓮花は力強く頷いた。

「ありがとうございます」

五条邸の門前は朝廷の検非違使と、右大臣に召し抱えられた検非違使らで対立していた。蓮花の身柄を引き渡せ、という内容であった。

様子を窺っていた晴明は、屋敷の使用人らが普段出入りする裏門に回り込んだ。そこにも門の見張りはいたが、内裏で使用した匂い袋を再び首からかけた晴明は、堂々たる口調で告げる。

「陰陽師賀茂忠行への使いの者です。表が何やら騒がしいもので、こちらから失礼を致します」

実際に呼ばれてはいないのだが、清涼殿へ踏み込んだ晴明にとってこれぐらいお手の物だ。見張りの者は疑いなく、すんなりと通してくれた。

「さてと……」

敷地内に入ることに成功した晴明は顎に手を当てた。雑舎や蔵が並んでおり、その奥の殿舎からは祈禱の声が響いている。その合間を雑色や端女など仕える者はせわしくなく動き回り、火を絶やさないよう指示を出す声や、薪を抱えて運びこむ足音など、騒々しい音で溢れかえっていた。

そんな屋敷の敷地内において、とある対屋を中心に、鬼が無数に漂っていた。晴明の目からは靄をまとった異形の鬼が爪や牙を鳴らし、目を爛々と輝かせているのが視えるのだ。

　先程屋敷の周辺を窺った折に、既に御符で敷地の四隅に結界を張っている。この鬼がここから脱走することはない。

「他の者が近付かないよう、ある程度具現化させた方がいいか……」

　すると晴明のもとに、一匹の蝶が羽ばたいた。一見どこにでもいる蝶のようであるが、これは特別な術が施された式である。

「師匠にはやはり気付かれたか」

　式の波動を通して、声が聞こえてきた。

『屋敷周囲は任せましたよ』

　中にいる賀茂忠行からの直々のお達しだ。これで思う存分、晴明は術を振るえる。

　それにしては、此度も晴明の負担の範囲が大きすぎるような気がするのだが。五条邸は大貴族の屋敷。以前に一人で鳴弦を行った時とは比べものにならないぐらい、とんでもない広さなのだ。季節の木々や植物の庭、舟を浮かべる池もあるし、中洲や釣殿もある。

「まあ、負担が大きい方が、俺が心情的に安心する性質だったからな」

　その方が役に立てている気がしたのだ。

　晴明は天を仰ぐ。雲は流れたのだろう。望月が浮かび、星をちりばめた美しい夜空が広がっている。

幼い頃はこんな世の中、いつ滅んだって良いと思っていたはずなのに。

彼女がこの世で命を誕生させようと、全てを懸けて生きているから。

全力で守らないといけないって思ってしまったのだ。

「おい、貴様何をしている！」

対屋の周囲にいた弓を持った者が、晴明に声をかけた。ということはやはりこの対屋が産室のようだ。

「ああ、丁度良いところに。この弓をお貸し願いたい」

晴明は屋敷の従者らしき男に近付く。負傷した右手を補助する道具として、弓はうってつけであった。弓そのものが魔を退ける道具となり、弦を引くのは親指だけでも可能だからだ。

「貴様は一体……！」

「それが今、屋敷周囲が怪しげな鬼に取り囲まれておりまして」

晴明は手を軽く掲げた。

靄をまとった鬼が、他の者の目にもうっすらと映る。

「何だあれは……！」

目にした従者は、驚愕（きょうがく）の声をあげる。対屋の周りにいた他の従者も同様に声をあげた。

先程周辺に張った結界は鬼を閉じ込めるだけでなく、土地の気脈や敷地内の陰陽師の力も放出させずに封じ込める。それらが満たされたことで、地の霊力は高まり、鬼が幻影のように浮かび上がったのだ。

晴明は厳かな声を放った。

「今から屋敷の皆さま方をお護(まも)りするために調伏させて頂く。物の怪(もののけ)や鬼らと見なせば退治させていく所存。手出しは無用！」

晴明は弓を受け取ると、体から立ち昇った凄烈(せいれつ)な霊力を弓に宿し、打ち鳴らした。

鳴弦の音に混じって、晴明の呪を唱える声が響いて来る。

彼が戦っているのが、痛いぐらい伝わる。

けれど、蓮花は蓮花の戦いをしなければならない。

陣痛の波はいよいよ強くなり、安子は顔を歪(ゆが)めて呻いていた。

女房が擦っていた手を払いのけ、自制出来ずに時折悲鳴をあげる。

蓮花は本人や周囲を不安にさせないよう、表情には出さなかったが、異変を感じていた。

子宮口はしっかり開いているのに、なかなか出てこない。通常よりも時間がかかっている。経産婦なので、本来はもう産まれていてもおかしくはないというのに。あまりにも長いと、子の力が尽きてしまうのだ。

蓮花の頬に汗が滴った。

触れた形から逆子ではないと思っていたが、もしかしたら正胎位から少しずれてしまったのか。

場合によっては、一度産道から子宮へ押し戻さなければならない。

それでも戻らなければ、子は産道から娩出(べんしゅつ)出来ない可能性が高くなる。

そうなったら最後、赤子の命が尽きるのを待つしかなくなり、母親の命も危うくなる。

様々な可能性を想定しながら、蓮花は冷静に手の平を見る。鬼の影がないことを確認すると、子宮口を開くように触れた。

「痛い！」

安子が呻き、蓮花は思わず手を引っ込めた。脳裏に弾(はじ)けた光景があった。

姉が同じような状況で、痛みに耐えかねて声をあげたのだ。

それが最期の言葉でもあった。

蓮花は今までのお産中、努めて昔のことは思い出さないようにしていた。

でないと、あの時の感情が蘇(よみがえ)って、怖くて動けなくなってしまうとわかっていたからだ。

ただ、助けたかった。

もしも神様がいて。人の魂がどこかの世で生まれ変われるのなら、今度こそ助けられるようにと。そう願って助産師となった。

そして、安子は姉と性格も身分も何もかも異なるけれど。それでも、蓮花にとって大事な存在になっていた。

震える手を叱咤（しった）する。

するとそこに、誰かが手を重ねた気がした。

視線をその手の先に滑らせると、そこにいたのは幼い頃の蓮花だった。けして本当に見えたわけではない。ただ、自分の心を彼女が励ましたのを感じたのだ。彼女はもう泣いていなかった。

安子の呼吸があがる。

女御様、と女房の心配する声があがった。

蓮花は自分も深呼吸をして、気合いを入れ直すと、腹部の上から触れて赤子の位置と産道のずれがないか、もう一度確認した。

もうだいぶ下降はしているはずなのだが、この軸がずれていたら、どこかで上手（うま）く抜けられないのだ。

心なしか僅かに左への偏りがあるだろうか。本当に感覚的な僅かな偏りであるが。

「もう少し右側へ、女御様の御身を寄りかからせて下さりませ」

蓮花は赤子が中心に戻るよう、体を支えている女房に伝えて安子の体位を整える。重心をずらして、下降しやすくするのだ。そして腹部に手を触れ、安子の中にいる御子に優しく呼びかける。

「大丈夫です。お腹の中は温かいから、ずっと中にいたくなりますね。でも、こちらの世界も温かいですよ。温かさは違うかもしれませんが、日の光も、あなたの誕生を待っているたくさんの人の温もりもあります。だから、生まれてきて大丈夫ですよ」

そして今が一番辛いであろう安子にも告げる。

「女御様。痛い時は、痛いって言っていいですからね。痛みは我慢しなくていいです」

出産の痛みは骨を折った時よりも強いという。安子は前回のお産で我慢しきれなかったことを恥じていたようだが、そのようなことを思う必要はないのだ。

不安や痛みが少しでも和らぐように。確かな知識と心がけをもって母子ともに助けられるように、助産師という仕事は存在するのだ。

そして陣痛の波に合わせて深呼吸と短い呼吸を促し、少しでも下半身の緊張が和らぐようにさする。

陣痛と共に頭部らしきものが現れてきた。

「頭が見えてきました。もう少しでお会い出来ますからね」

蓮花は布で会陰が切れないように押さえつつ、今度こそ指を入れて子宮口を開く。

「力をおかけ下さい！」

赤子は産道の形に合わせて少しずつ向きを変え、体を回旋させながら下りてくるのだ。その感覚に安子は今までで一番の苦しさを滲（にじ）ませた声をあげる。

自分に出来ることなんて、本当に僅かしかない。

ただ赤子と母親を信じて、生まれて来る命を受け止める。

「今頭が出ていますからね、女御（にょうご）様！」

全身から汗が流れる。目にしみるが、両手は赤子を受け取るためのものなので、拭うことも出来ない。女房の誰かが拭いてくれて、視線も向けられないまま小さく会釈する。

祈る思いで蓮花は児の頭を支える。呼吸に合わせて、少しずつ。確実に。

安全なお産なんてない。でもどうか、全ての願いを込めて今目の前にいる子が無事に産まれることを祈る。感情も意識も切り離されるような、音も時間の感覚も一切掻（か）き消えるような瞬間であった。

産声(うぶごえ)が産室に響き渡った。

集中しきっていたからだろうか。気が付くと蓮花はその腕に赤子を抱いていた。

生まれたばかりの子は赤くぬるつく肌の上に、白いもろもろとしたものが付着している。

温かい。泣いている。元気に、動いている。

「おめでとう、ございます。無事にお生まれになりました……」

考える間もなく、口が動いていた。そして性別を確認する。

「若宮様で、ございます……！」

周囲にいた者は、待望の男児の誕生に歓声をあげた。

嬉(うれ)しさのあまり、泣き崩れた女房もいる。

安子は痛みのあまり潤んでいた目を細めて、口元に笑みを滲ませた。そしてゆっくりとした動作で手を伸ばす。

「良かった……」

我が子の頭を撫(な)でた。

「どうぞ」

蓮花は白布で包んだ御子を安子の腕に預ける。安子は全身で温もりを感じるように生まれた子を抱きしめた。

「何度も夢を見たんだ……男ではないからと、お腹の子が遠くに去っていく夢……良かった……本当に良かった……」

ぼろぼろと安子は泣いていた。唇を噛み、表情を歪めて泣いていた。

「ずっと……耐えていらしたのですね」

命婦はそっと寄り添った。

「姫様に幼い頃、いずれは后となる御身、あまり悔しかったり、悲しかったりする感情を出してはならないと伝えたことがありますが……今はそう言わなければ良かったと後悔しております」

他の女房も涙ながらに告げた。

「どうぞ、今いるのは我らのみ。姫様は我々の大事な姫様でございます。心の赴くままに。受け止めます」

「大変ご立派なお産でございました」

女御ではなく、安子の心として。

女房らの声が温かくて、聞いている蓮花まで泣きそうになった。

「嬉しいのに、涙が止まらない……」

安子は涙声で呟く。

「気が緩んだのでございますよ。自然なことですので、めいっぱいこの瞬間を泣いて、そしてお喜び下さりませ」

蓮花は伝えた。そして己の手を見る。

赤子を取り上げて、赤く染まった手。

先程の、手を重ねられた感覚を思い出す。

蓮花は幼い頃の自分との約束を、確かに守ったのだ。

藤原安子が産み、蓮花が取り上げた赤子。

その御子こそ、後の世で冷泉帝と呼ばれるようになる御子であった。


この後、御子は産湯を浴びるお湯殿の儀と、漢学者が魔を祓うために書を読み弦音を鳴らす読書鳴弦の儀がある。

「さあ、臍の緒を継いで下さりませ。早く殿に若宮様のお顔を見せて差し上げなければ」

臍の緒を切ることを、切るという表現を避けて緒を継ぐともいうのだ。

胞衣が娩出され、蓮花はその処置に当たる。

蓮花は練糸で緒を結ぶと、臍帯刀で切った。この後、右大臣自らの手で、残った部位の緒を竹の刀で裁断する儀もあるのだ。

若宮は乳母となる女性に預けられる。宝物のように抱かれる若宮は、複数の女房らと共に寝殿の東に用意された湯殿の方へと向かって行った。

「女御様？」

女房の労わるような声に、蓮花は臍帯刀を懐にしまうと振り返った。

いつの間にか安子はまぶたを閉じていた。

子を産んだ後も、産婦の腹部は子宮の膨らみのため丘状になっている。

子宮の収縮が良くなるよう、安子の腹部に触れかけて蓮花はふと手を止めた。

顔色が悪く、産後にしては体温が低い。この時季の気候は充分に暖かく、先程まで皆汗だくであったのに。汗が引き、急激に冷えたのだろうか。

蓮花は子宮口を確認した。蓮花が胞衣や臍帯の処理をしている間に、女房らによって赤く染まった周囲の皮膚は濡れた布で清められ、清潔な白布で押さえていたはずだ。

だが、今見ると、布のかなりの範囲が鮮血で染まっていた。

蓮花は新しい布に交換して押さえたが、すぐに赤い色で染みていく。

蓮花の表情に緊張が帯びた。

さらに布を用意したが、押さえても押さえても、出血が広がっていく。

血の量が多い。再度確認をしたが、会陰部の周囲に裂傷はない。とすれば、内部からの出血だ。

通常、赤子と胞衣の出た子宮は、収縮することによって血が止まるはずなのだ。

収縮が悪いのか。それともどこかが切れたのか。

蓮花は布で子宮口から産道を押さえつつ、反対の手で腹部の子宮部位をゆっくりと圧迫した。出血を止める技術である。

焦りが少しずつ募るのを蓮花は自覚した。出血がすぐ止まるものならばよいが、どこかで深い裂傷や破裂を起こしていたら、命に関わる。

「大丈夫……」

蓮花は自分自身にも言い聞かせる。前にも出血の続くお産は経験している。あの時も止まった。今度だってきっと。

蓮花は専用の箱に入れられた胞衣を見る。

「胞衣からの剝離の可能性は……」

赤黒い見た目なので、断定は出来ないが、嫌な鮮血部位がある。

「前方の部位、御子様の動きは……」

呟きながら蓮花は記憶を辿る。

産道からの時間が通常よりかかっていたことを思い出す。もしや、胞衣が剝がれかかっていたのか。産道を塞ぎかけていたのか。緒が絡んで引っ張られていたのか。

「典薬頭様はまだいらっしゃいますか。血のめぐりが悪いようなので、呼んで頂けますでしょうか」

周囲の者を不安にさせないように、極めて冷静な声で蓮花は女房に告げた。

典薬頭は医師（くすし）の筆頭だ。程なくして、今は若宮様の体に問題がないか診ているため、その後すぐに向かうという言伝（ことづて）であった。もっとも呼んだとはいえ、男性である典薬頭は女御である安子に直接触れて処置することは出来ない。

蓮花は腹部を押さえながらも、安子の手を握った。

手先は冷えており、脈は血のめぐりが弱いのを補うように、速くなっているのを感じた。

蓮花は焦りを抑えながら、強く強く集中する。鬼を視（み）る時のように。そしてそれ以上に。深く目を凝らす。

晴明が憑依（ひょうい）した時に宿った霊力が、立ち昇った。

次の瞬間。蓮花の目に、見えないはずの景色が広がった。

仄（ほの）かに湿り気のある温かな気が満たす、淡い光と水に満ちた空間。

いつの日か、晴明の術を通して視た空間によく似ていた。

あの時のように、蓮花は水の中に足を踏み出した。

水面の一部に赤い血が混じっていることに気が付いた。水面の奥から、少しずつ湧き出るように赤い色をした液体が浮かび上がり、水と混ざることなくどこかへと流れていく。きっとここから血が流れ出しているのだ。

「御子様を産むために、頑張られたのですね……」

――ちゃんと頑張って生きようとしていたことを、家族や支えてくれた人に伝えてあげたいと思ってる。伝えてあげる人がいないと、せっかく頑張ったのを知ってもらえないのは可哀想だから

心に刻んだ、秋葉の声。

蓮花は顔を歪める。

「それでも私は……」

何も出来ないと諦めたくなかった。ただ怯えるだけでなく、立ち向かいたかった。

ふと視界の端に赤くゆらめく鬼が視えた。道摩の鬼ではなく、元々体内に微量に存在するお産の時によく見かける鬼だった。血は人にとって必要な気や栄養を運ぶ。鬼にとっても極上の餌となる。血の滞留は、鬼を増幅させるのだ。そして血のめぐりを伝えば鬼は全身へと向かうだろう。

晴明の術も今この場にない。今の蓮花が出来ることは。

「体を蝕む鬼がいて、それを守る力がある……」

——だが君の場合は『視える』からな。『視える』ということは効果や影響があるということだ

晴明に以前言われたことが脳裏に蘇った。

そして道摩の鬼を操る姿が。

蓮花は己の手を見る。一つの可能性に賭けて、懐を探り臍帯用の刀を取り出す。そして刃を手首に滑らせて肌に傷をつけた。

まるで白昼夢のように、痛みはなかった。

血ではなく、代わりに透明な液体が零れ落ちる。

蓮花はそれを水面の中に垂らした。

そして唱える。

「キリトラバセラバセキリトラカサカ」

快癒のまじないは、その人が本来持つ力を活性化させるものである。

彼女の本来持つ力で、体内の修復を促進させるのだ。

本当はわかっている。自分のこの状況は視えているだけ。実際にどこまで影響を及ぼす

のかは、わからない。

蓮花は祈るように声をあげた。

「どうか、お願いします……！」

すると、透明の液体を垂らしたところから、ふわりと光がいくつも浮かび上がった。

蓮花は柔らかく舞う光に手を触れた。春の日差しのように温かくて、彼女の体が生きたいと願っているのが、触れた箇所を通して伝わってきた。

光は鬼を包み、透明な結晶となる。

「女御様(にょうご)……」

蓮花に我が子を取り上げてほしいと願った、彼女が特別に教えてくれたこと。

本来高貴な女性が明かすことのない名を、蓮花は初めて口にした。

「安子様……！」

その声に呼応するように結晶は脈動を打ち、鬼を消滅させるようひときわ強い光を放った。

血の循環、気のめぐり、鬼への抗力。生きようとする気力が、体に作用しているのだ。

お産で亡くなる割合は高い。どれだけ手を尽くしても、敵(かな)わないこともあるかもしれない。

でも、彼女の体がこれほど力を尽くしているのだ。

自分が最後まで彼女の生きる力を信じなくてどうするのだ。

蓮花がすることは祈ること以上に、母体と赤子の力を信じて、助産師として手を尽くすことだ。

ぐっと両の手を蓮花は握りしめる。

まだ出来ることは、この手にある。

「――もし」

声をかけられて、蓮花はびくっと体が動き、我に返った。

安子に仕える女房が、心配そうに蓮花を覗き込んでいた。

蓮花の前には安子が横たわっており、周囲は高灯台の明かりで照らされた、御帳に囲まれた景色。透視の光景はもう視えなかった。

「申し訳ありません、集中してしまっていて……」

蓮花の言葉に、女房はほっとしたように頷いた。

「典薬頭様がいらっしゃるので、蓮花様から説明をして頂けますでしょうか」

蓮花は頷く。そしてもう一度手を伸ばして先程と同じように腹部を押さえ、子宮の出血を少しでも抑えられるよう姿勢を変えた。

どれだけ時間が経ったただろうか。

典薬頭もひとまずは様子を見るしかないと告げ、薬の手配を行うべく差配した。

子宮の収縮と止血。どちらも効果を得るように、蓮花は彼女の腹部を押さえた状態で何刻も同じ姿勢でいた。体は強張り、腰や腕は悲鳴をあげていた。けれど安子が助かるのなら、これぐらいの苦痛は何でもなかった。

「——蓮花」

微かな声に蓮花ははっと目を見開く。そして体を起こした。

安子が目を開けて、口元に笑みを浮かべていた。

「なんだ、ずっと付いていたのか？」

「女御様……」

触れると、手の先は温かな熱が戻っている。

布の出血は広がっておらず、悪露も通常のお産後と同じぐらいであった。

目をやると、格子の向こうの夜の闇は薄くなっている。

「確かに最後まで付き添ったから、褒美を贈らねばな……」

そう言って安子は小さくあくびをすると、眠たげにまた目を閉じる。

「落ち着かれましたでしょうか」

命婦に尋ねられ、蓮花は頷く。

「はい、もう大丈夫でございます」

蓮花はそう告げて安子を任せると、自身は妻戸を出て階から庭へと下り立った。ひんやりとした土の湿りけを足の裏に感じる。

塀の向こうに見える都を囲む山際は少しずつ白くなっており、紫立った雲が細くたなびいているのが見えた。

庭に鬼は一匹もいない。寝殿の方では、儀式が行われているのだろう。人手は皆、そちらへ向かっている。蓮花は、彼の姿がないか敷地一面を見渡した。

「晴明様！」

蓮花はそう声をあげて、朝露に濡れた広い庭の方々を探し回った。だが、彼の姿はどこにも見えない。

帰ってしまったのだろうか。けれど、蓮花の直感はこの敷地内のどこかにいると告げていた。

もう一度、晴明の名を呼ぼうとした時。

「蓮花さん！」

草葉を掻き分けるように、ましろが跳ねて姿を現した。

「ましろさん、良かった……。あの、晴明様は……」

安堵と不安、両方を滲ませた蓮花に、ましろはあわあわと焦った様子で耳を振る。

「えっと、こっちです！」

耳の向いた方向に蓮花は走り出した。

庭の池に架けられた橋を渡り、中洲を通ってさらに橋を渡る。着いたのは敷地内でも南東の端に存在する繁みの中だった。

晴明はぐったりとした風情で、岩にもたれかかるように座り込んでいた。

「晴明様！」

蓮花は彼の名を呼んだ。

横には真っ二つに折れた弓が転がっており、狩衣は土と埃で汚れ、所々破れていた。右の手の甲は痛めたのか、薄布を巻いている。

何よりも、彼がうっすらと紫を帯びた炎をまとっている姿であることに気付いて、蓮花は愕然とした。よく見ると左頰が切れて、血の滴った痕もある。

晴明は蓮花を見ると、片手を上げ、口角を無理やり上げた。

そして視線を受け、左頰を軽く押さえた。

「最後の最後で霊力を込めすぎた反動で、弓が壊れたんだ。その時に切った皮膚から、鬼に入り込まれたようだ」

自嘲気味に伝える。

「本来だったら自浄出来るはずなんだけどな……久々に解放した力を使いすぎたから、今はその反動で思うように動けない。鬼が増殖する前に蓮花は離れた方がいい。蓮花？」

晴明は訝しげに尋ねた。

蓮花は晴明の傍にしゃがみ込む。

そして蓮花は晴明の傷をなぞるように触れると、己の唇をそっと押し当てた。

粘膜を通して、温かな何かが晴明の中に流れ込む感覚が伝わる。それが広がるにつれ、晴明の中の紫を帯びた炎が徐々に収まっていった。

晴明は驚いて目を見開く。

「どうして君が……確かにこの土地は、霊力に満ちていたが……」

蓮花は唇を離して、静かな目で晴明を見つめた。

「多分なんですけど、彼の鬼から晴明様が護って下さっていたから」

その昔、蓮花は鬼を宿し、そして生き延びた。

道摩の言葉を借りるのならば、耐性が出来たのだろう。先程、安子の体内に注いだ液の中には蓮花の中に存在する鬼に対抗する力――抗力が含まれた。また、抗力だけでなく誰しもが持つ血止めの作用をする力も含まれ、安子の足りない力を補うように出血は緩やかに治まっていった。

同じように、ふた月近く道摩の鬼を微量に宿していた蓮花の体内では、少しずつ彼の鬼に対する抗力も作り出していた。だから晴明に宿った鬼を抑えることが出来たのだ。

「だから……御子様も、女御様も、ご無事です。支えて下さった皆様と、晴明様の、おかげです」

晴明の瞳が、差し込んだ日の光と共に、蓮花の心に宿るものを映す。

蓮花の瞳が潤む。

「多分……私だけだったら、駄目でした……」

ようやく吐けた、弱音だった。

「でも、蓮花もいたから、御二方とも無事だったんだよ。君じゃないと、駄目だった。何よりも、今の俺が」

晴明はこの世で最も尊いものを見る眼差しを浮かべていた。

夜明けを告げる風が二人を取り巻く。

「お疲れ様。よく頑張ったな」

そう言って晴明は腕を伸ばすと、蓮花を労うように抱きしめた。

蓮花もほっとして包み込むように腕を回すと、その広い背中をとん、と優しく叩いた。

「ああ、やはりこれは美味……！」

夏物の薄紅と青葉色の袿を重ねた蓮花は、瞳を輝かせて感動の声を上げた。

彼女が今、口にしているのは桃の蜜漬けであった。

安子から此度の褒美として桃と蜜を賜り、それを代々伝わる方法で蜜漬けにしたのだ。

甘酸っぱい桃の汁が噛むごとに口の中で広がり、いくらでも食べられてしまう。

「本当に幸せそうな顔をして食べるなあ」

簀子に座っていた晴明は、面白いものを見る目で蓮花を眺める。

彼女にしては珍しく、荷葉という蓮の薫香をまとっていたため、瑞々しさに甘さを含んだ香りがふわりと漂っていた。

ここは晴明の屋敷である。この度の礼の一つとして晴明にも分けようと、蓮花が蜜漬けの入った壺を持って訪れたのだ。当初、礼になるようなことはほとんどしていない、と晴明は何も受け取ろうとしなかったが、これだけは絶対に食べてほしいという蓮花の情熱に押し負けてしまった。

「晴明様も召し上がって下さい」

勧められた晴明は、盆に載った梅の塩漬けのような見た目のそれをじっくり見る。恐る恐る一口かじり、そして目を見張った。

「え、うま」

「でしょう！」

晴明の反応に、蓮花は手を合わせて喜んだ。

晴明は残りを口の中に放り込み、じっくりと味わっている。

「蜜だけじゃなくて、塩も入っているのか？　甘いだけじゃないから、粥や米がすすみそうだ」

「作り方は秘密です。種があるので、気を付けて下さいね」

蓮花は口元に人差し指を立てて、得意げに微笑んだ。

桃の蜜漬けは、安子にも献上する予定だ。喜んでもらえるといいのだが。

「いいなあ。私も食べたいです」

ひょこん、と白いものが視界の端に見えたかと思うと、ましろが覗き込んできた。

「ましろさんって、ものを食べることは出来るんですか？」

蓮花の素朴な疑問に晴明は困惑の色を浮かべる。

「いや、食べられないはずなんだが……」

いいないいなー、と呟きながら跳ねているましろを、蓮花は摑まえて膝に乗せてやる。

そして顎の裏をくすぐると、ましろは気持ち良さそうにころりと寝転がった。

その平和な光景を眺めながら、晴明は呟く。

「考えてみれば、よくあれだけのことがあったのに今、こうやって落ち着いて過ごせているな」

「皆さまのご尽力のおかげですね」

安子の出産からひと月半。梅雨の季節が過ぎ、日増しに暑さを帯びている。

蓮花は、池と青々とした緑葉が広がる屋敷の庭を眺めた。

嫌疑と内裏での逃亡、検非違使が出動するまでの事態、下手すれば主上への不敬罪も引き起こしていた。

捕らえられた道摩は、蓮花を陥れるための陰謀をあっさり認めたらしく、無事に蓮花の身の潔白は証明された。中納言は彼との関係を否定しているらしい。しかしその嫌疑もあって、立太子は安子の産んだ皇子になされる可能性が高いと言われている。

晴明も清涼殿への侵入ということで、官位を剝奪されかけた。しかし術者を捕らえたことと、皇子の誕生による恩赦を利用し、無事に幕引きとなった。晴明は蓮花や安子らを、命懸けで守ったのだ。それを知った右大臣の意向が大きかったのではないかと推察される。

道摩との戦いで負傷した晴明の手も、無事に治りつつあった。力をかけるとまだ痛みはあるそうなのだが、少なくとも蓮花の前でそのような素振りは一切見せなかった。

蓮花は思いを馳(は)せながら、考える。

もしも蓮花が安子のもとへ行くことが叶(かな)わなければ、どうなっていたのだろう。

御子は生まれなかったのだろうか。それとも、鬼に侵されていたのだろうか。

安子は出血により儚(はかな)くなり、生まれた子の後ろ盾が不安定なものとなっていたかもしれない。そして彼女が次の御子を産む可能性すら消えてしまっていた。

いくつもの可能性があった。そして蓮花が行った選択は、多くの可能性のうちの一つに過ぎないのかもしれない。

「蓮花は仕事、順調か？」

晴明に尋ねられ、蓮花は表情明るく頷(うなず)いた。

「はい！　おかげさまで」

現在、蓮花は今までの仕事に加えて、先輩助産師の話を聞きつつ、困難な事例の対処法を伊吹と二人で編纂している。祈りや嘆くだけではなく、困った時に素早く判断が出来るように、そして助かる人が一人でも増えるようにするためだ。

「それと他にも考えていることがありまして。助産師を二人組の制度にしたいと思っています。一人に何かあっても、もう一人が駆け付けたり、相談したり出来るように。そうすれば不測の事態にも対応出来ますし、辛いことがあれば気持ちを分け合えて、嬉しいことがあれば喜びも倍になります！」

晴明は相槌を打ちながら聞いている。

「なるほど。でもそれだと、助産師の数が二倍いることになるのではないか？」

「そうなんですよね。だからもっと、助産師の成り手を増やさないといけなくて……」

今の医術や助産の技術では、お産で亡くなる割合を下げることは難しい。

死と隣り合わせの恐怖は、残念ながら消えることはなく、避けられないだろう。いくら経験を積んでも、これぱかりは変わらない。恐怖を無くすには、彼らを偲ぶ心を消すしかない。けれど、それは人として生きる上で、とても大切なものだ。

それならば、不安を少しでも分け合える方法をとることで、助産師として向き合っていきたいと思ったのだ。

「一人より、心を支え合えることで、ずっと強くなれるって思ったんです」

それは蓮花自身が実感したことだ。

するると晴明は悩んだような素振りを見せた。

「じゃあ、俺はもうお役目御免かな」

「そんなことありません！」

蓮花は勢いよく晴明の手を握った。

「陰陽師(おんみょうじ)の皆様がいるから、私たちは信じてお産に集中出来るのです。私は晴明様がいて下さって、術ではなく存在そのものがとても心強かったです」

晴明は蓮花の握った手をまじまじと見つめる。驚いているようにも、困ったようにも見える表情を浮かべている。

「だから将来的に、陰陽寮(おんみょうりょう)の方々の協力も得たいと考えておりまして……」

「蓮花、俺はいいけど、他の男にこういうことはするなよ」

「ああ！　すみません、妊婦さんに触れるのでつい……！」

慌ててぱっと手を離す。最近彼に対して遠慮がなくなっている気がして、蓮花はいけないと頬を押さえた。

そんな彼女に晴明は、危なっかしいものを見る目で「本当に君は……」と呟く。

「頬に唇を寄せたのも忘れてないからな」

とどめと言わんばかりに告げられた言葉に、蓮花はかっと全身の熱が上がった気がした。

もちろん晴明が道摩の鬼に侵食されていた時のことだ。安子の体内で起こった出来事から、こうすれば助かるのではと直感的に思ったのだ。

「本当にあの時は……その、大事になる前にって……責任とります……！」

しどろもどろになり、もはや蓮花は自分で何を言っているのかわからないまま口走った。

そんな蓮花の言葉に、晴明は一瞬固まると、胸を押さえて顔を背ける。そして数度深呼吸すると、真面目な表情で居直った。

しかしその耳が赤いことに蓮花は気が付く。

「あれ……？」

「…………じゃあ、話を戻すけど……俺が偉くなって、陰陽寮に意見出来るぐらいになったら話は早いかな？」

発せられた言葉を、蓮花は落ち着きながら反芻する。そしてその意味を咀嚼すると。

「……では！」

蓮花は弾けたように顔を上げた。

「ああ、まずは陰陽生を目指してみるよ」

晴明は微笑んでいた。蓮花は心の底から喜ばしく思う。ほんの少しだけでも、彼が自分の人生に対して前を向けたのならば、こんなに嬉しいことはない。

　こうやって少しずつ、たくさんのものを得てくれたらいいと蓮花は願っている。

　ふと、晴明の眼差しが気になり、蓮花は首を傾げた。

「晴明様？」

　眩しいものを見るような、とても深い眼差しだ。

　そういえば、晴明の身の内の炎を消した後も、同じような目をしていたことを蓮花は思い出した。

「蓮花の心を視た時、その水面に花が咲いていた。道摩に引き込まれた精神世界を覚えているか？」

　蓮花は記憶をたぐると、頷いた。

　晴明は手を差し出した。蓮花がおずおずと伸ばすと、晴明は温かく握り込む。

「蓮花の心を透視すると、そこにいつも美しい蓮の花が咲いているんだ。神は人の心に宿る。だから、君に産神が宿っているのは本当だ。ただ神様は何かをするわけじゃない。幸運は全部、蓮花自身の力だ」

　蓮花は瞬くと、自分の心臓のあたりを押さえる。

　祝福だの、色々と言われているがそうではない。ただ心に寄り添うだけの存在。

それでも宿ったものが、存在を気付いてもらえて喜ぶように、胸の内が温かくなった。

蓮花は青い空を見上げる。

蓮花が助産師を続ける限り、産神の祝福はいつか消えてしまう名だろう。

それぐらい、お産は命を懸けて行われる。

それでも蓮花が志すものは。

「ではその心にふさわしい、皆様の心に寄り添える助産師になれるよう、精進致します」

蓮花は晴明の方を向いて、生まれてきた子を取り上げる時のような、極上の微笑みを浮かべた。

彼らの姿が映る池の水面には、茎を伸ばした美しい蓮(はす)の花が咲き誇っていた。

あとがき

初めまして。木之咲若菜と申します。

この度は『平安助産師の鬼祓い』をお手に取って頂き、ありがとうございます！

本作は富士見ノベル大賞にて受賞させて頂いた作品を、改稿したものです。

憧れのレーベルでデビューすることが出来て、本当に嬉しく思っています。


こちらは平安時代を舞台とした助産師の物語です。助産師が正式な役職として存在している世界観で、主人公の蓮花は鬼が視える力を持ちながら、助産師として産まれる命を守るために奮闘します。彼女の一生懸命な姿は、作者としても本当に尊敬しております。

本作を読んで、感じたことやこのキャラが好き！　というのがあれば、ぜひ、教えて下さい。心の底から嬉しく思いますし、次の話への強い活力にしたいと思います。

また富士見L文庫のホームページに制作秘話や受賞・出版にいたる経緯のインタビューも載っておりますので、よろしければそちらもご覧下さい。ご報告や宣伝につきましては木之咲のX（旧ツイッター）からも発信しておりますので、よろしくお願い致します。

それではこの場をお借りして、作品を出版するにあたりお力添えを頂いた皆様に、心より感謝の気持ちをお伝えしたいと思います。

賞の選考に携わって下さった編集部の皆様、優しく的確なアドバイスをして下さった担当編集さん、校正やデザインなど本作に関わって下さった皆様、本当にありがとうございました。

圧倒的に美麗な表紙を描いて下さったセカイメグルさん。蓮花の心象風景を表した表紙絵は、感動を通り越して衝撃を受けました。蓮花の抱く色とりどりの布が、これから生まれる命を表現している様は、素晴らしすぎました……！

そして常に応援してくれた家族や友人、仕事場の皆様。何より私に小説の書き方を丁寧に教えて下さったノベル教室の先生方。私以上に私のことを信じて、支えて下さり、本当にありがとうございました。おかげで本を出すことが出来ました。

最後に、本書をお手に取って下さった読者の皆様に、心より感謝を申し上げます。この物語が、少しでも皆様の心に寄り添うことが出来たら幸いです。

どうかまた、次の作品でお会い出来ますように。

木之咲若菜

お便りはこちらまで

〒一〇二―八一七七
富士見L文庫編集部　気付
木之咲若菜（様）宛
セカイメグル（様）宛

富士見Ｌ文庫

平安助産師の鬼祓い

木之咲若菜

2024年７月15日　初版発行

発行者　山下直久
発　行　株式会社 KADOKAWA
〒102-8177　東京都千代田区富士見2-13-3
電話　0570-002-301（ナビダイヤル）

印刷所　株式会社暁印刷
製本所　本間製本株式会社
装丁者　西村弘美

定価はカバーに表示してあります。　◇◇◇

●お問い合わせ
https://www.kadokawa.co.jp/（「お問い合わせ」へお進みください）
※内容によっては、お答えできない場合があります。
※サポートは日本国内のみとさせていただきます。
※Japanese text only

ISBN 978-4-04-075483-3 C0193

暁花薬殿物語

著／佐々木禎子　イラスト／サカノ景子

ゴールは帝と円満離縁!?
皇后候補の成り下がり“逆”シンデレラ物語!!

薬師を志しながらなぜか入内することになってしまった暁下姫。有力貴族四家の姫君が揃い、若き帝を巡る女たちの闘いの火蓋が切られた……のだが、暁下姫が宮廷内の健康法に口出ししたことが思わぬ闇をあぶり出し？

【シリーズ既刊】1～8巻

富士見L文庫